GAVIN'S ERLÖSUNG

RED LODGE BÄREN - 3

KAYLA GABRIEL

SCHNAPP DIR EIN KOSTENLOSES BUCH!

MELDE DICH FÜR MEINEN NEWSLETTER AN UND ERFAHRE ALS ERSTE(R) VON NEUEN VERÖFFENTLICHUNGEN, KOSTENLOSEN BÜCHERN, RABATTAKTIONEN UND ANDEREN GEWINNSPIELEN.

kostenloseparanormaleromantik.com

KAPITEL 1

*G*avin Beran wandte sich auf seinem Platz und sah stirnrunzelnd auf den vollgepackten Picknicktisch aus Hartholz, wo der Krall Clan den dritten Tag ihrer einwöchigen Reihe von sozialen Aktivitäten verbrachte. Alle zielten darauf ab, Single Berserker zusammenzusammeln, um potenzielle Partner zu finden. Es war wie eine Kreuzfahrt für Singles, abgesehen von Dutzenden von neugierigen Werbär Eltern, die ihren Kindern die ganze Zeit über die Schultern schauten. Also anstatt von Sonne und Meer und Spaß, war es St. Louis und eine gezwungene Versammlung von vielen aufdringlichen Frauen, die entschlossen waren, den stärksten Alpha als ihren Partner zu finden.

Also … praktisch war es die Hölle. Gavins Eltern, das Alpha Paar des Beran Clans hatte es nur geschafft, ihre Söhne zu der Veranstaltung zu schleppen, indem sie ihnen versprochen hatten, sie die nächsten drei Monate in Ruhe zu lassen. Natürlich fehlte die Hälfte der Männer der Familie. Luke war verschwunden, um irgendeine lang verlorene Berserker Frau zu suchen und

Noah und Finn waren in der ersten Nacht der St. Louis Festlichkeiten mit zwei Frauen verschwunden. So waren nur noch Gavin, Cam und Wyatt im Haifischbecken übrig, sie saßen ihre Zeit ab, während stolze Mütter ihre zur Verfügung stehenden Töchter zur Schau stellten wie preisgekrönte Vollblüter.

Gavin schaute zu Cameron und Wyatt hinüber, beide um zwei und vier Jahre älter als er. Cameron war makelos gekleidet, genauso wie der typische Stadtmensch in seinen teuren dunklen Jeans, dem dunkelblauen karierten Hemd mit Knöpfen und seinem dunkelgrauen Pullover mit hochgekrempelten Ärmeln, um die Tattoos zu zeigen. Wyatt trug seine normalen Jeans, ein bequemes T-Shirt, Lederstiefel und eine schwarze Lederjacke. Gavin sah an seinem weißen Marvel Comics T-Shirt herunter, an der grünen Weste, seiner Jeans und fühlte sich ein wenig underdressed neben seinen Brüdern. Dennoch mit ihren dunklen Haaren, den stechenden türkisfarbenden Augen und dem großen, muskulösen Körper fehlte es keinem der Beran Männern an weiblicher Aufmerksamkeit, Gavin auch nicht.

Die heutige Veranstaltung war ein großes Tagespicknick, mit einem regelrechten Festmahl aus frittiertem Fisch und Barbecue und Spielen mit Hufeisen. Sie hatten die ersten drei Stunden mit merkwürdigen Vorstellungsrunden irgendwie überstanden und seine Eltern hatten die Beran Brüder sich an ihren eigenen Tisch zurückziehen lassen und ihnen ein wenig Abstand von der Menge verschafft. Jetzt tranken Gavin, Wyatt und Cam einfach Bier, redeten Unsinn und vermieden jegliche potenzielle liebeswütige Damen. An diesem Ort schien groß und gut aussehend tatsächlich eine Qual zu sein. Zumindest für Gavin, seine Brüder schienen ihre eigene Ablenkung gefunden zu haben.

„Welche ist Theresa?"", fragte Cameron und griff nach einem Blatt Papier aus der Auswahl die Wyatt auf den Tisch gelegt hatte.

„Sie ist die große Brünette, die immer über Pinterest spricht", sagte Wyatt, mit einem Grinsen im Gesicht. Sein üblicher Ausdruck heutzutage.

Cam grunzte und schüttelte kurz den Kopf. Er legte das Blatt Papier wieder weg und nahm ein weiteres und presste die Lippen aufeinander.

„Wenn Stephanie die Rothaarige aus Atlanta ist, dann kannst du sie nicht mitzählen. Ich habe sie in der ersten Nacht in der Garderobe geküsst", erklärte Cam.

Wyatts Augen funkelten und ein Grinsen wich über sein Gesicht.

„Ich habe mehr gemacht, als sie nur geküsst", sagte Wyatt. „Viel mehr."

„Aber ich hatte sie zuerst", stritt Cam.

„Ich glaube, das Aktivitätsniveau überwiegt den Zeitstempel. Und es gab viel Aktivität, wenn du weißt, was ich meine", sagte Wyatt. Er stützte sich auf seinen Ellbogen und zog eine Augenbraue hoch, während er von seinem Bier trank.

„Ihr seid beide hoffnungslos", meldete sich Gavin zu Wort. „Im Ernst, das ist deprimierend und widerlich, alles gleichzeitig."

„Du bist nur wütend, weil du noch gar keine Chance bekommen hast", beschuldigte ihn Cam.

„Ich habe mit eurer idiotischen Wette nichts zu tun", keifte Gavin.

„Was glaubt ihr macht ihr da?", erklang plötzlich eine dröhnende Stimme hinter Gavin.

Gavin wurde nervös, wissend, dass sein arroganter Alpha Vater direkt hinter ihm stand, zweifellos schaute er auf den Tisch, wo Wyatt und Cameron mehrere Blätter mit Namen und Strichlisten ausgebreitet hatten, ein dummer andauernder Wettbewerb, den sie vor über einem Monat gestartet hatten. Gavin schaute sich um und beobachtete die Reaktion seiner Brüder auf die Frage seines Vaters. Camerons Gesicht war völlig weiß geworden, während Wyatts Blick an gelangweilter Frechheit grenzte. Gavin drehte sich ein wenig auf seinem Platz, sodass er seinen Vater sehen konnte; er hatte eigentlich nichts zu sagen, aber er hatte seiner Mutter versprochen, dass er versuchen würde zwischen Wyatt, Cam und ihrem Vater für die Dauer ihrer Missouri-Reise den Frieden beizubehalten.

„Wir versuchen nur, die Dinge im Auge zu behalten", sagte Wyatt zu Josiah, seine Eckzähne blitzten, als er ein gefährliches Lächeln zeigte. Wyatts große Hand legte sich auf den Tisch und sammelte die Blätter ein, stapelte sie und drehte sie mit Leichtigkeit um.

„Ihr drei sollt Partner finden und nicht trinken und nach Rockzipfeln schauen. Und erst recht nicht spielen", murrte Josiah und ließ seinen anschuldigen Blick zwischen Cam und Wyatt hin und her schweifen, ehe er auf Gavin landete. „Und du … du sollst auf sie aufpassen, und sie nicht noch ermutigen."

„Wir sind keine Kinder mehr", unterbrach Cameron. Er war völlig ruhig und gefasst, aber Gavin wusste, dass Wut unter der Oberfläche brodelte, die bei der kleinsten Provokation bereit war hochzukommen. Es war schon immer so mit Cameron gewesen, schnell aufbrausend und schwer zu beruhigen.

„Wir sind sowieso älter als er", sagte Wyatt mit einem berechnenden Blick auf seinem Gesicht.

„Das ist mir egal. Gavin ist der Einzige von euch dreien der ein wenig Verstand hat", erklärte ihr Vater." Wenn einer von euch etwas tut, um die anderen Alphas zu beleidigen oder ihre Töchter, dann wird es eine Abrechnung geben. Blamiert nicht den Clan."

Mit dieser Warnung und einem finsteren Blick, drehte er sich um und ging wieder zur Party zurück. Es gab einen langen Moment der Stille, die sich unangenehm zwischen Gavin, Wyatt und Cam zu strecken schien. Als Wyatt die Papiere mit einem Grinsen wieder umdrehte, rollte Gavin mit den Augen."

„Was ist mit Annabeth?", fragte Wyatt Cameron. „Klein, blond, riesige Titten …"

Gavin wartete nicht auf Cams Antwort, sondern stand mit tiefem Seufzen auf. Seine Brüder hatten wirklich schlechte Manieren und waren unkontrollierbar. Gavin würde nicht dabeistehen und ihrem frauenfeindlichen Müll für eine weitere Sekunde zuhören, besonders nicht nach der unverhüllten Drohung ihres Vaters. Auf keinen Fall würde Gavin dieses Mal den Schiedsrichter zwischen seinen Brüdern und seinem Vater spielen.

„Hol uns Bier, ja?", rief Cam als Gavin davon ging. Gavin zeigte ihnen einen Vogel und erntete missbilligende Blicke von ein paar älteren Damen, als er davonging.

Gavin überschaute die Gegend und hatte das meiste der Menge abgesucht, als er endlich eine ruhige Stelle fand. Er hatte gerade damit begonnen, einen wirklich guten Krimi auf seiner E-Reader App auf seinem Handy zu lesen und er rief nach ihm. Er musste einfach nur für ein paar Stunden irgendwo alleine sein. Er hatte eine Ansammlung von Bäumen in der Nähe des Kiesparkplatzes entdeckt. Ein wenig Schatten und Privatsphäre war genau das, was er brauchte.

Als er nur noch zwanzig Schritte entfernt war, wurde er langsamer. Er hörte eine Frau sprechen, ihr Ton war hell und lebendig.

„Und das Pony schaute auf den Haufen Äpfel, der sich bis in den Himmel wandte …" Die Frau hielt inne, ihre Worte verschwanden in dem kindischen Gelächter.

5

„Und dann aß das Pony einen Apfel und noch einen Apfel und einen weiteren ... bis es so voll war, dass es dachte, es würde PLATZEN!"

Das Gelächter verdoppelte sich und Gavin stellte sich vor, dass die Frau etwas Dummes vormachen musste. Er bewegte sich näher und kam gerade noch rechtzeitig, um die Frau von hinten zu sehen. Sie saß auf einer karierten Decke und ein Dutzend Kinder saßen um sie herum. Aus seinem Blickwinkel konnte Gavin ihr Gesicht nicht sehen, nur dass sie angenehm kurvig war, mit dickem, glattem, cremig blondem Haar, das ihr auf ihre Schulter fiel. Sie trug ein sehr konservatives blass-rosa Kleid, mit langen Ärmeln. Sie saß im Schneidersitz, sodass nur die weißen Lederspitzen ihrer Schuhe unter dem Saum ihres Kleides hervorstanden.

„Und was glaubt ihr, hat das Pony dann gemacht?", fragte sie die Kinder und neigte ihren Kopf.

„Es hat gespuckt!", rief ein kleiner Junge aufgeregt. Die Frau lachte und schüttelte ihren Kopf.

„Nein. Es hat einen Mittagsschlaf gemacht!", erklärte sie. „Was glaubt ihr, wie es sich angehört hat, als es geschlafen hat? Hat es geschnarcht?"

Die Kinder brachen in schallendes Gelächter aus und machten laute Schnarchgeräusche.

„Faith, Faith! Was passiert mit dem Pony nach dem Schlafen?", fragte ein kleines Mädchen und zog an dem Ärmel der Frau.

„Naja, Marissa, ich kann dir auf jeden Fall sagen, dass das Pony für immer auf seiner Insel gelebt hat. Der Stapel der Äpfel wuchs und wuchs, sodass es immer Äpfel da hatte, und es hat jeden Tag damit verbrachte am Strand zu spielen, Äpfel zu essen und in der Sonne zu schlafen", vertraute die Frau den Kindern an.

Das kleine Mädchen quietschte vor Freude und warf

sich auf die Frau und erhielt ein Kichern und eine Umarmung für ihre Bemühungen.

„Faith! Können wir Mama alles über das Pony erzählen, das all die Äpfel gegessen hat?", fragte ein kleiner Junge und stand auf.

„Natürlich Adam. Ich glaube, ich könnte eine kleine Pause gebrauchen, um mir noch mehr Geschichten auszudenken. Warum holt ihr euch nicht alle etwas zu trinken?", fragte sie. Die Kinder liefen jubelnd davon, um ihre Eltern zu finden. Die Frau drehte sich um, um ihnen beim davon laufen zuzusehen, ihr Blick war belustigt und voller Zuneigung.

Als Gavin sie ansah, stieß er Luft aus. Sie war absolut atemberaubend. Ihr Gesicht war eine süße Herzform, mit einer spitzen Nase und vollen rosa Lippen. Sie trug kein Make-up, aber ihre fein gebogenen dunklen Augenbrauen und die blitzenden haselnussbraunen Augen brauchten keine Betonung. Ein Hauch zarter Sommersprossen bedeckte den Nasenrücken und ihre Wangen und gaben ihr ein unschuldiges, jugendliches Aussehen, obwohl sie wahrscheinlich schon Mitte zwanzig war.

Als sie Gavin endlich bemerkte, drehte sie sich mit einem hellen Lächeln zu ihm um, bei dem Gavin sich fühlte, als wenn ihn jemanden in den Magen geboxt hätte. Ihr Lächeln verschwand nach einem Moment und ihre Verwirrung übernahm.

„Oh … Hallo", sagte sie und ihre Augenbrauen hoben sich. Das war alles, was Gavin tun konnte, um seine Zunge zu entwirren, um mit ihr zu sprechen.

„Hi. Schöne Geschichte", sagte er und riss sich zusammen und ging auf sie zu. Sie lachte, eine betörende Rosaröte breitete sich dabei auf ihren Wangen aus.

„Danke", sagte sie mit einem unauffälligen Achselzucken.

„Macht es dir was aus, wenn ich mich zu dir setze?", fragte Gavin.

„Oh …". Sie hielt inne und ihr Blick wanderte zur Menge und suchte jemanden. „Ich denke nicht."

„Hast du einen eifersüchtigen Partner oder so? Ich will keinen Ärger", sagte Gavin, und drehte sich um, um in die Menge zu sehen und erwartete halb einen riesigen Alpha, der sich aus der Menge erhob, bereit, um Gavin in Stücke zu reißen.

„Nein! Nein", erwiderte sie und schüttelte ihren Kopf. „Tut mir leid. Setz dich doch."

Er setzte sich und gab ihr viel Raum. Er streckte seine Hand aus und bot ihr einen Handschlag, überrascht, als sie zögerte und sich umsah, ehe sie seine Hand akzeptierte. Ihre Hand war klein und weich in seiner, und weckte die Aufmerksamkeit des Bären in ihm.

„Ich bin Gavin", sagte er und gab ihr, so hoffte er, sein bezauberndstes Lächeln.

„Nett dich kennenzulernen", sagte sie und ihr Ton war höflich, aber neugierig. „Ich bin Faith."

Sie schien nicht in der Lage zu sein, Augenkontakt mit ihm zu halten und schaute auf ihren Schoss und glättete ihr Kleid über ihren Beinen.

„Also …", sagte er und versuchte ein geeignetes Thema zu finden. „Ich glaube, wenn du nicht verpartnert bist, dann sind das wahrscheinlich nicht deine Kinder?"

Faith ließ ein schüchternes Lächeln blitzen und schüttelte ihren Kopf.

„Einige von ihnen sind meine Brüder und Schwester, einige von ihnen sind Cousins", sagte sie.

„Brüder und Schwester?", fragte Gavin und runzelte die Stirn.

„Mein Vater hat wieder geheiratet", sagte sie und zeigte auf eine kleine Gruppe von Berserkern, die sich um die Picknicktische versammelt hatten. „Die Rothaarige da, das ist Sheila."

Die Gruppe bestand vielleicht aus zehn Männern und fünf Frauen, die meisten in ihren Zwanzigern und späten Teenager Jahren. Ein silberhaariger Mann stand ein wenig abseits, mit gerunzelter Stirn. Gavin nahm an, er war der Alpha, Faiths Vater. Gavin beobachtete die Gruppe, seine Neugier wuchs, als er sah, dass die Frauen alle langärmelige Kleidung trugen, lange Kleider, so wie Faith eins trug. Die Männer waren in dunklen Hosen und zugeknöpften Shirts gekleidet, konservativ genug, um irgendwie unmodern zu wirken.

„Wie viele Brüder und Schwestern hast du?", fragte er und hielt seinen Ton lässig.

„Vierzehn", sagte Faith achselzuckend.

„Ach du meine Güte", sagte Gavin mit aufgerissenen Augen. „Ich habe fünf Brüder und die Menschen sind immer überrascht davon. Du musst einige interessante Kommentare bekommen."

Faith gab ihm ein weiteres verführerisches Lächeln.

„Ja", gab sie zu. „Es ist manchmal ein wenig peinlich, um ehrlich zu sein."

„Es geht mich ja auch nichts an. Ich bin einfach neugierig, das liegt in meiner Familie", witzelte Gavin.

„Das ist kein Problem", sagte Faith und ihr Kopf senkte sich ein wenig. Sie fummelte mit roten Wangen an einem losen Faden an einer Decke. Gavin war überrascht, dass dieselbe Frau, die noch vor ein paar Minuten so animiert war, jetzt so unglaublich schüchtern sein konnte.

„Also … warum hast du dich nicht unter die anderen Berserker gemischt?", fragte Gavin.

Faith schaute ihn an, ihre haselnussbraunen Augen blitzten vor Gefühlen, die Gavin nicht recht einordnen konnte.

„Mein Clan ist hier, um Partner für meine Brüder zu finden", sagte sie und ihre Worte waren wohlüberlegt.

„Das hört sich ein wenig merkwürdig an. Nichts für ungut", sagte Gavin.

Faith zuckte mit einer Schulter, ihr Blick ging wieder auf ihren Schoss.

„Ich habe nicht viel in dieser Angelegenheit zu sagen", war ihre einzige Antwort.

Gavin fragte sich, wie er darauf antworten sollte, aber er sparte sich den Ärger. Ein großer blonder Berserker Mann kam mit langen Schritten über das Gras, ein mürrischer Blick lag auf seinem Gesicht.

„Oh, oh", flüsterte Faith leise.

„Ist das einer deiner Brüder", fragte Gavin.

„Ja. Jared ist ein wenig … streng."

Gavin warf Faith einen Blick zu und wunderte sich bei ihren Worten. Sie war eine erwachsene Frau und der Mann war ihr Bruder, nicht ihr Vater … Gavin schüttelte seinen Kopf, er konnte das noch nicht ganz zusammenfassen.

Faiths Bruder erreichte sie in der Sekunde und ging direkt auf die Decke zu. Der blonde Mann blockierte seine Schwester vor Gavins Blick, er hörte nicht auf, bis er Gavin praktisch berührte.

Gavin lehnte sich zurück und warf dem Mann einen skeptischen Blick zu.

„Kann ich dir helfen?", fragte Gavin.

„Ja, kannst du", antwortete Jared mit dickem Akzent. „Du kannst dich zuerst einmal von meiner Schwester fernhalten."

Gavin holte Luft und unterdrückte seinen sofortigen Impuls aufzustehen und den Mann auf den Boden zu werfen. Niemand sprach so mit einem Beran Mann. Außerdem hatte er überhaupt nichts falsch gemacht.

„Ich hatte den Eindruck, dass dies eine gesellschaftliche Veranstaltung ist", sagte Gavin und hielt seinen Ton flach und sein Gesicht ausdruckslos.

„Nicht für sie, das ist es nicht. Wir sind nur hier, um Frauen für die freien Männer zu finden, nicht um Ärger für die Frauen zu finden, den wir bereits hatten", antwortete Faiths Bruder und verschränkte seine Arme und lehnte sich noch ein wenig weiter zu Gavin herüber.

„Das hört sich ein wenig sexistisch an oder etwa nicht?", fragte Gavin.

„Wie sich das anhört, ist nicht deine verdammte Angelegenheit. Ich habe dich einmal darum gebeten und jetzt sage ich es dir noch einmal. Geh und lass meine Schwester in Ruhe. Ich will es nicht noch einmal sagen", sagte Jared und erhob seine Stimme.

Gavin hielt seine Hand hoch und war nicht gewillt wegen eines einfachen Gesprächs einen Streit anzufangen.

„Okay, okay", sagte Gavin. „Kannst du vielleicht ein wenig runterkommen?"

Der andere Mann warf ihm einen bösen Blick zu, der sagte, dass er das tatsächlich nicht konnte, aber er machte einen Schritt zurück. Gavin stand auf und bürstete sich ab.

„Faith … Es war nett, dich kennenzulernen", sagte Gavin achselzuckend. „Genieß das Picknick."

Gavin drehte sich um und ging wieder zur Party. Als er den Picknicktisch erreichte, wo Cam und Wyatt immer noch saßen und lästerten, sah Gavin erneut zur Decke herüber.

Jared lehnte sich zu Faith, sein Blick war so dunkel

wie eine Donnerwolke. Jared hob einen Finger in Faiths Gesicht und sie zuckte zusammen.

„Was ist hier los?", fragte Cam und sein Blick verengte sich.

„Ich bin mir nicht sicher, ich werde es auf jeden Fall herausfinden", sagte Gavin.

„Sieh mal einer an, wir sind seit siebenundzwanzig Stunden hier und Gav hat bereits eine Jungfrau in Nöten gefunden", krächzte Wyatt.

„Halt's Maul", keifte Gavin und störte sich nicht, Wyatt dabei anzuschauen.

„Er hat recht. Das ist doch dein Ding", sagte Cam.

Gavin drehte sich um und starrte beide an.

„Ich werde wahrscheinlich wieder mit diesem Arschloch zusammenstoßen", sagte Gavin und zeigte mit seinem Daumen auf Jared. „Gebt ihr mir Rückendeckung oder was?"

„Ein guter Kampf? Zur Hölle, ja", Wyatt.

„Ich mag auch Jungfrauen in Nöten", fügte Cam hinzu und warf Faith einen langen Blick zu.

„Ihr zwei seid miserabel. Wie kommt es, dass ich nie mit Luke oder Finn irgendwo feststecke?", seufzte Gavin.

Kichernd gingen Cam und Wyatt wieder zurück zu ihrer Frauendiskussion und die Dummheit des ganzen Partnerrituals. Gavin hörte nur halb zu, seine Augen wanderten immer wieder zu Faith. Wenn Faiths Bruder gedacht hatte, er hätte Gavins Interesse abgewehrt, dann lag er auf jeden Fall falsch. Gavin seufzte wissend, dass dabei nichts Gutes herauskommen würde.

KAPITEL 2

*J*ch kann nicht glauben, dass wir *campen*. Ich hätte mit Finn und Noah mitgehen sollen", meckerte Cameron und zog seinen Koffer und einen Schlafsack aus Wyatts Mietwagen.

„Wir schlafen in Hütten. Es ist kein echtes Camping", wies Gavin ihn darauf hin.

„Gott bewahre", sagte Wyatt und rollte mit seinen Augen. „Ich glaube, du hast einfach nur Angst, dass ich dich morgen bei den Spielen besiege."

Cameron kicherte und schüttelte seinen Kopf.

„Glaub das nur, Bruder", erwiderte Cam. „Erstens wird Gavin uns sowieso beide schlagen. Er ist unheimlich schnell und er läuft wirklich regelmäßig. Zweitens warst du noch nie ein guter Wrestler. An Bars rumzuhängen macht keinen Athleten aus dir."

„Es geht um pure Alphastärke", informierte Wyatt ihn mit einem Grinsen auf den Lippen. Cam verkrampfte sich, bereit für eine Konfrontation, aber Gavin schnitt ihm das Wort ab.

„Spart euch das für morgen, ihr Idioten", forderte

Gavin. „Wir sind erst seit fünf Minuten hier, also lasst uns ankommen und ein wenig Spaß haben. Ich habe gehört, dass es heute Nachmittag eine große Fahrt geben wird, um Spiele und Fisch zu bringen, und dann braten wir die Fische und machen eine Grillparty."

Gavin knallte die Autotür zu, nahm seinen Koffer und seinen Schlafsack und ging voran zu den Hütten. Die Berserker hatten für das Wochenende mehrere Quadratkilometer Campingplätze und Wald gemietet; die Vermietung enthielt ein paar Dutzend Ansammlungen von braunen Holzhütten, die sich um überdachte Unterhaltungspavillons gruppierten. Der größte Pavillon war auf der Karte des Campingplatzes eingezeichnet worden und für die Dauer des Aufenthalts als primärer sozialer Bereich und als Bereich für die Zubereitung von Speisen ausgewiesen. „Lass mal sehen …", murmelte Gavin sich selbst zu und schaute auf das Blatt Papier, das ihre Hüttenzuteilung enthielt. „Drei null fünf …. Drei null sechs … drei null sieben! Das ist unsere."

Er nahm den beiliegenden Schlüssel, stieß die Tür auf und ging hinein. Ihre Hütte hatte zwei Hauptzimmer, eins mit einer Küchenzeile und ein paar abgetragenen Sesseln und das andere mit vier sehr einfachen Einzelbetten mit Metallrahmen.

Gavin, Cam und Wyatt stöhnten alle gleichzeitig, als sie die Betten sahen.

„Wir werden scheiße schlafen", fasste Wyatt zusammen.

„Als wenn ich nicht bereits die letzten zwei Wochen damit verbracht habe, mein California King Bett zu Hause zu vermissen", stimmte Cam ein.

Gavin warf seinen Koffer und seinen Schlafsack auf das Bett, das am weitesten von der Tür entfernt war und streckte sich dann darauf aus.

„Zumindest sind wir nicht mehr im Auto", sagte er. „Weiß einer von euch, wo Ma und Pa bleiben?"

„Sie sind auf der anderen Seite des Camps. Die meisten Alpha Paare sind an einem einzigen Ort und der Rest ist aufgeteilt nach Clans oder nach dem Teil des Landes, aus dem sie kommen. Keine Frauen und Männer in derselbe Hütte", sagte Cam.

Wyatt und Gavin schauten ihn beide mit hochgezogenen Augenbrauen an.

„Was? Ma hat mir gestern eine Ansprache gehalten. Sie sagte, sie will, dass wir keine Probleme machen", sagte Cam.

Wyatt warf seine Sachen auf eines der anderen Betten und schaute sich im Zimmer um, sein Missfallen war offensichtlich.

„Es gibt besser wirklich heiße Frauen auf diesem Ausflug", seufzte Wyatt.

„Da gibt es nur einen Weg, das rauszufinden, hm?", schlug Cam vor und nickte in Richtung Tür der Hütte.

„Auf jeden Fall. Ich verhungere. Vielleicht können wir ein nettes fettes Reh fangen und alle Damen mit unseren Jagdfähigkeiten beeindrucken."

Gavin konnte nur seinen Kopf schütteln und seinen Brüdern folgen, in dem Versuch sie in Zaum zu halten.

KAPITEL 3

*M*ehrere Stunden, mehrere Rehe und zahllose Eiskübel mit Fisch später, waren die Festlichkeiten in vollem Gange. Gavin floh aus der Hütte, er hatte geduscht, nachdem er eine Stunde die Fische zum Grillen ausgenommen hatte. Er dankte seinem Schicksal, dass er in der Red Lodge aufgewachsen, wo sein Vater ihm beigebracht hatte, sich selbst zu ernähren; einige der Männer bei dem Treffen waren geradezu zimperlich, wenn es darum ging, ihre Fänge zu schlachten, und die Beran Männer hatten sich den ganzen Nachmittag vor Lachen kaum halten können.

Als Gavin auf dem Weg zum Hauptpavillon war, sah er Dutzende Berserker, die sich in ihrer Bärenform tummelten oder herumschlenderten und die Trampelpfade des Camps belegten. Der Anblick ließ seine Brust sich vor Freude zusammenziehen, einfach die Menschen in ihrer natürlichen Form zu sehen. Ein seltener Anblick, aber etwas was ihn stolz machte, ein Bärenverwandler zu sein.

Er dachte daran, was passieren würde, wenn

Menschen plötzlich hier hereinkommen würden. Wie panisch sie sein würden, so viele Bären in jeglicher Größe und Form zu sehen, die rannten und knurrten und sich gegenseitig auf den Boden warfen. Der Gedanke ließ ihn laut kichern.

Gavin war so in Gedanken versunken, mit seinen Augen auf den Boden blickend, während er ging, dass er Faith nicht bemerkte, bis er in sie stieß, als er auf den Pfad trat. Seine reine Größe ließ sie umfallen und alles, was sie im Korb in der Hand hielt fiel heraus, Obst und Gemüse verbreitete sich überall.

„Oh!", ärgerte sich Faith mit weit aufgerissenen Augen. Sie trug ein graues Baumwollkleid, das sie von Nacken bis Fuß bedeckte. Ihr schimmerndes blondes Haar war geflochten und hochgesteckt und bot einen eleganten Hauch.

„Ah. Tut mir leid, Faith", sagte Gavin. „Ich habe nicht hingeschaut, wo ich hingehe."

„K-kein Problem", antwortete Faith und schaute ihn einen Moment nervös an, ehe sie sich die verstreuten Lebensmittel ansah.

„Hier, lass mich dir helfen." Gavin wollte ihr aufhelfen und kam nicht umhin zu bemerken, wie sie erblasste, ehe sie ihre Hand in seine gleiten ließ. Er sah, wie sie bei dem Kontakt schauderte und wie sie rot wurde, als wenn sie irgendetwas ganz anderes tun würden.

„Ich … äh … ich hätte auch gucken sollen", stotterte Faith und riss ihre Hand von ihm los, sobald sie wieder stand. Nach dem sie ihr Kleid abgebürstet hatte, begann sie, die Kartoffeln und das Getreide und die verpackten Erdbeeren und Blaubeeren einzusammeln. Gavin sah, dass sie ihren Körper in einen bestimmten Winkel gebeugt hatte, sie wollte sichergehen, dass sie ihm nicht ihre Rückseite zeigte, während sie die Dinge aufsammelte. Eine merkwürdige zurückhaltende Gewohnheit, um ehrlich zu sein.

„Kein Problem", sagte er und half ihr die letzten zwei Packungen Obst aufzuheben. Er überreichte sie ihr, während sie alles wieder in den Korb legte und mit einem karierten Tischtuch bedeckte.

Faith schaute zu ihm hoch und biss sich mit den Zähnen auf die Unterlippe. Ihr Blick glitt zum Trampelpfad, von dem sie gekommen war und eine Sorgenfalte bildete sich auf ihrer Stirn.

Gavin runzelte die Stirn, sein Blick ging in die Richtung, in die sie schaute.

„Kommt dein Bruder oder so?", fragte er.

„Nein. Ähm. Nein", sagte Faith und wechselte das Thema. „Gehst du zum Grillfest? Ich bringe die Sachen dorthin."

„Ja. Macht es dir was aus, wenn ich mitkomme? Ich will nicht, dass du Probleme bekommst", sagte Gavin.

Wut glitzerte kurz in Faiths Augen auf und gab Gavin Hoffnung. Vielleicht war Faith nicht so demütig, wie ihr Bruder es gern hätte. Er konnte sie vielleicht kontrollieren, aber es schien, dass ein kleiner Teil von ihr nicht gezähmt werden wollte.

„Das wäre schön", sagte sie zu Gavins Überraschung.

„Lass mich den Korb tragen", bot er an. Sie überreichte ihn ihm mit einem schnellen Lächeln, ihr Kopf neigte sich wieder nach unten, als sie losgingen.

Gavin nutzte den Moment, um die schlanke Linie ihres Nackens zu bewundern, und die feinen Kurven ihres Körpers unter diesem schmucklosen Kleid. Seine Lippen zuckten, als er erkannte, dass, egal wie Faith sich anzog, sie ihre Weiblichkeit nicht verstecken konnte.

Als sie den Hauptbereich erreichten, war das Abendessen im vollen Gang. Es gab Tische mit stapelweise frisch gebratenem Fisch und Wildfleisch, sowie jede vorstellbare Vorspeise und Nachtisch.

„Das sieht wunderbar aus", sagte Gavin.

„Ja, ich glaube, ich komme ein wenig zu spät mit dem Korb", sagte Faith, als sie das Fest ansah.

„Ich glaube nicht, dass ihn jemand vermisst", sagte Gavin mit einem Winken. Faith wurde wieder rot, aber nickte in stiller Zustimmung. „Warum holen wir uns nicht einen Teller und finden einen Tisch für uns beide?"

Faith biss sich wieder auf ihre Lippe und sah zerrissen aus.

„Das würde ich gerne …. Aber ich habe Angst, dass meinen Brüdern das nicht gefällt."

„Was, wenn wir uns zu meinen Eltern setzen? Sicherlich kann niemand mit solchen Begleitern etwas anfangen", schlug Gavin vor.

Nach einer langen Stille nickte Faith.

„Das hört sich gut an", sagte sie.

„Cool. Ich bin auf jeden Fall bereit, ein wenig Wildfleisch zu probieren", sagte Gavin und führte sie zum Büffet. Er stapelte einen Teller mit Essen voll und freute sich darauf, dass später bei einem langen Lauf im Mondlicht wieder abzutrainieren. Er kam nicht umhin zu bemerken, dass Faith kaum etwas auf ihren Teller gelegt hatte; ein Stück gegrillten Fisch, ein wenig Salat ohne Dressing und ein wenig Obst bildeten ihre ganze Mahlzeit.

„Das ist alles?", fragte er neugierig. Faith wurde rot, sie wippte auf ihren Füßen hin und her.

„Ich hab nicht so viel Hunger", sagte sie. Während sie sprach, schaute sie hinter Gavin. Als er sich umdrehte, sah er, wie ihr Bruder sie aufmerksam beobachtete.

„Okay", sagte er und wollte ihr Unbehagen nicht

noch weiter erhöhen. „Hey, da ist meine Mutter. Lass mich dich vorstellen."

Ohne eine Warnung, griff Gavin Faiths freie Hand und zog sie in Richtung Tisch, wo seine Eltern mit Gavins Tante Lindsay saßen.

„Keine Sorge, sie beißen nicht", beruhigte Gavin Faith.

Noch ehe sie antworten konnte, waren sie am Tisch. Gavins Familie sah neugierig hoch.

„Leute, das ist Faith. Faith, das ist mein Vater Josiah, meine Mutter Genny und meine Tante Lindsay."

„Faith, nett dich kennenzulernen!", antwortete Gavins Mutter sofort. Sie stand auf und streckte ihre Hand aus, dic Faith nahm.

„Bist du vom Krall Clan?", fragte Gavins Vater und nahm Faith unter seinen scharfen Blick.

„Nein. Mein Vater ist Aros Messic", erwiderte Faith.

So wie die Augenbrauen seines Vaters hochschossen, konnte Gavin sehen, dass es noch eine Geschichte dahinter gab, aber er sagte nichts.

„Nett dich kennenzulernen", sagte Josiah.

„Setz dich, setz dich!", sagte Tante Lindsay und zeigte auf zwei leere Plätze am Ende eines Picknicktisches.

Gavin setzte sich neben seinen Vater und ließ Faith den Platz gegenüber, neben seiner Mutter.

„Also Faith was machst du?", fragte Gavins Mutter.

„Ich bin Vorschullehrerin", sagte Faith und warf Genny ein warmes Lächeln zu.

„Oh, wie nett!", strahlte Genny und schaute Gavin an. Gavin ließ einen Seufzer los; seine Mutter war die ewige Kupplerin.

„Gavin ist Sozialarbeiter", sagte Tante Lindsay zu Faith.

Faith warf Gavin einen Blick zu, Interesse lag in ihrem Blick.

„Also hilfst du Menschen als Lebensunterhalt, hm?", fragte Faith.

„Ich versuche es zumindest", antwortete er mit einem Schulterzucken.

„Also arbeitet ihr beide mit Kindern", sagte Genny zufrieden.

Gavin nickte und begann zu essen, probierte den gegrillten Fisch und den Kartoffelsalat.

„Faith ist eine ziemliche Geschichtenerzählerin", erzählte Gavin seiner Familie. „Ich habe sie gestern getroffen, weil sie eine sehr lustige Geschichte erzählt hat über … was war das noch mal eine Ziege?"

Faith lachte.

„Ein Pony, denke ich", sagte sie. „Meine Mutter hat mir immer Geschichten über ein Pony erzählt, das alles essen wollte, was es sah, und es scheint immer noch so beliebt wie früher."

„Wo kommst du her, Faith?", fragte Genny.

„Centralia, auf der andere Seite des Flusses in Illinois", antwortete sie. „Weniger als eine Dreiviertelstunde von hier."

„Hast du eine große Familie?", fragte Lindsay.

„Leute, lasst sie essen, Gott", unterbrach Gavin.

„Nein, nein, das ist in Ordnung", sagte Faith und ihre Augen blitzten. „Ich habe vierzehn Brüder und Schwestern."

„Guter Gott!", bellte Josiah. „Da hast du aber ganz schön viel Sippe."

„Es ist nie einsam", stimmte Faith zu.

„Hast du schon was von dem Schokoladenkuchen probiert?", fragte Lindsay und beobachtete das Stück auf ihrem Teller. „Das ist deutsche Schokolade, unglaublich."

„Äh … hmm, habe ich nicht", sagte Faith und ihre Augen fielen auf ihren Teller. Sie spielte mit ihrer Gabel, schob ein paar Stücke Obst hin und her, aber aß eigentlich nichts.

„Kein Schokoladenfan?", fragte Lindsay.

„Wir haben eine strenge Diät in unserer Familie", erzählte Faith und hob die Schultern. Ihr Blick ging suchend hoch und als Gavin hochsah, sah er Faiths Bruder Jared, der den Tisch wie ein Habicht beobachtete. Er sah sehr unzufrieden aus, trotz der Tatsache, dass Faith kaum weniger gut begleitet sein konnte.

„Naja ich hatte ein wenig gegrillten Fisch, den du hast, und er ist sehr lecker", sprang Genny ein. „Sehr gut gemacht."

Faith lächelte, ein einfaches Grübchen blitzte auf ihrer Wange. Sie nahm einen Bissen von dem Fisch und nickte zustimmend.

„Ich bin nur froh, dass ich hier durchgefüttert werde", sagte Gavin. „Mein Geheimnis ist, dass ich ein guter Koch bin, aber ich bin faul. Ich esse viel öfter auswärts, als ich zugebe."

„Ich liebe es, zu kochen, besonders zu backen", sagte Faith. „Ich backe viel Brot. Ich weiß, dass Kohlenhydrate schrecklich sind, aber ich kann nicht anders."

„Kohlenhydrate sind Schmarrn", sagte Genny. „Du solltest essen, was dich glücklich macht. Ich vergewissere mich einfach, dass ich jeden Tag einen schönen Spaziergang mache und das hält mich in Kampfform."

Faith sah nachdenklich aus.

„Ich gehe nicht so oft hinaus, wie ich gerne wollte", gab sie zu. „Es gibt immer etwas zu tun zu Hause, irgendeinen Streit, den man schlichten muss. Ich bin das älteste Mädchen, ich bin immer gefordert."

Alle lachten.

„Das kann ich mir vorstellen", erwiderte Genny.

„Faith schaust du beim Wrestling und beim Rennen morgen zu? Vielleicht kannst du mit uns kommen und zusehen", schlug Lindsay vor und warf Gavin einen durchtriebenen Blick zu. Es schien, dass seine Tante genau so gerne verkuppelte, wie seine Mutter.

„Das würde ich gerne, aber … ich muss meinen Vater fragen", sagte Faith und legte ihre Gabel nieder.

Gavin bemerkte den düsteren Blick auf dem Gesicht seines Vaters und machte sich innerlich eine Notiz, ihn später dazu zu befragen.

„Vielleicht kann Vater ihn fragen", bot Gavin an und nickte in Richtung seines Vaters.

„Nein, ich meine … ich glaube nicht, dass das nötig ist", sagte Faith und sah ein wenig erschrocken bei dem Gedanken aus. „Ich spreche mit ihm."

„Das solltest du wirklich. Du kannst zwei von Gavins Brüdern treffen, Cameron und Wyatt. Sie sind wirklich unterhaltsam", kicherte Tante Lindsay.

Gavin warf ihr einen schnellen Blick zu. Eine süße, unschuldige Blondine wie Faith wäre viel zu verlockend für seine boshaften Brüder. Sie würde auf keinen Fall Teil ihrer schwachsinnigen Wette werden.

Über die Grünfläche sah Gavin Faiths Bruder, der sie mit einer ungeduldigen Geste rief. Gavin machte ein finsteres Gesicht und versuchte zu verstehen, wie ein Mann so viel Macht über die gesamte Familie haben konnte.

„Ich gehe besser. Wir sehen uns vielleicht morgen?", fragte Faith Gavin.

„Das ist ein Date", sagte er. Faith wurde rot und lachte, das Grübchen erschien wieder. Sie verabschiedete sich von seiner Familie und ging dann zu ihrem Bruder und schon bald verschwanden sie aus dem Pavillon.

„Okay. Was ist los?", fragte Gavin und wandte sich seinem Vater zu.

Josiah wandte sich auf seinem Stuhl, während er Faith und ein paar ihrer Geschwister beobachtete, die den Pavillon verließen. Er sah einen Moment nachdenklich aus, dann schnitt er eine Grimasse.

„Aros Messic ist kein guter Alpha", seufzte Josiah. „Das wenige, was ich von ihm weiß, kommt hauptsächlich durch die jährlichen Treffen des Alpharats und das war nicht angenehm. Er ist so geradlinig, dass er mich wie einen Liberalen aussehen lässt und er ist fanatisch in seinem Glauben."

„Ich traue mich fast nicht zu fragen, was für ein Glauben das ist", seufzte Gavin. „Faith schien ziemliche Angst vor ihm zu haben. Ihr Bruder auch."

„Einer von Aros Söhnen ist seine rechte Hand. Jamie oder Jim ...", sagte Josiah.

„Jared, glaube ich", half Gavin.

„Ja, genau. Naja sie halten es lieber mit den alten Manieren. Und mit alt meine ich, dass sie immer noch Odin und Freyr und Thor verehren. Ich kenne nicht alle Einzelheiten, aber ich weiß, dass Aros die Modernität als teuflisch betrachtet und seine Kinder und seinen Clan auch dementsprechend erzieht. Er stimmt dafür, wieder zu den alten Zeiten zurückzukehren, vor der Industrialisierung."

Gavin zog die Luft ein, seine Stirn runzelte sich.

„Du meinst ... Er ist nicht nur anti-Computer, sondern auch total altmodisch?" fragte Lindsay und gab damit genau Gavins eigene Gedanken wieder.

„Seine ganze Familie lebt ohne Strom. Sie bewirtschaften Land und züchten Vieh und essen nur, was sie selbst herstellen. Ehrlich gesagt bin ich überrascht, dass der Clan hier ist. Ich kann mir nicht vorstellen, dass irgendeine Frau auf dieser Veranstaltung ihr Leben aufgibt, um im ländlichen Illinois zu leben, ohne irgend so etwas wie ein Telefon", sagte Josiah.

„Warum sollte jemand das tun, das kann ich mir nicht vorstellen", fügte Genny hinzu. „Und es ist nicht so, als ob Aros viel Erfolg hat, Beweise zu erbringen, dass seine Art zu leben die Beste ist. Der ganze Clan ist ärmer als Dreck. Ich habe Gerüchte gehört, dass seine erste Frau einmal im Feld gebären musste."

Seine Mutter schüttelte sich.

„Warum laufen sie nicht weg?", fragte Gavin.

„Es ist wie ein Kult, der sich um das Erbe der Berserker dreht. Aros nutzt unsere Art als Beispiel, er sagt, dass die nordischen Götter genauso echt sind wie du und ich. Er und seine Art haben alle ihre Kinder dazu gebracht, jedes Wort zu glauben, was er sagt und diejenigen, die ihm nicht zustimmen, fliegen aus dem Clan."

Gavin verstand die Drohung nur all zu gut. Weniger als zwei Monate zuvor, hatte der Alpharat genau diese Bedrohung für jeden Berserker im partnerfähigen Alter angeordnet, dem es nicht gelungen war, innerhalb von zwölf Monaten nach Erlass einen Partner zu finden.

Es hieß, seine Berserker Freunde und Familie zu verlieren, ja. Aber es hieß auch, keinen Zugang mehr zu vielen Wildnisreservaten und Schutzhütten der Berserker zu bekommen, die wenigen Orte, wo es sicher war, frei in Bärenform zu rennen. Berserker ohne Clan-schutz mussten bis nach Südamerika oder British Columbia gehen, um genug Land zu finden, wo sie sich in der *Natur* bewegen konnten.

„Warum hat der Alpharat noch nichts gegen ihn unternommen?", fragte Gavin perplex.

Joshia zuckte die Schultern und sah ein wenig schuldig aus.

„Er ist ziemlich nervig, aber er hat das Recht dazu,

seinen Clan zu regieren, wie er möchte. Wenn wir ihn aus dem Alpharat werfen, würde das nur heißen, dass wir nicht mehr genau wissen, was er da draußen in den Wäldern treibt. So können wir wenigstens ein Auge auf ihn haben.

„Er ist ziemlich viel Arbeit", warf Gavins Mutter ein. „Ich bin überrascht, dass Faith so einen kühlen Kopf hat, wenn sie aus dem Clan stammt."

Gavin konnte den neugierigen Blick seiner Mutter spüren, zweifellos versuchte sie Gavin und Faith zusammenzubringen, wie kleine Puzzleteile.

„Tu dir einen Gefallen und halte dich von allen Männern in ihrer Familie fern", sagte sein Vater. „Jeder einzelne, den ich getroffen habe, hat jeden Kampf vermasselt und sie halten sich nicht zurück. Sie ist ein nettes Mädchen, aber …"

„Toll, okay", fiel Gavin seinem Vater ins Wort. „Ich glaube, ich werde mal nach Wyatt und Cam sehen."

Er stand auf und nahm seinen halbleeren Teller mit und ging, um seine Brüder zu suchen. In seinen Gedanken jedoch konnte er nicht aufhören, an Faiths naive Schönheit zu denken.

KAPITEL 4

*F*aith Messic lag auf ihrem Schlafsack im abgedunkelten Schlafzimmer in der Hütte, die sie mit ihren Schwestern Debra, Shannon und Lacey teilte. Sie starrte an die Wand und ließ ein unruhiges Seufzen hören.

Als ihr Bruder Jared sie beim Mittagessen mit der Beran Familie gesehen hatte, hatte er sie direkt in ihre Hütte geschickt. Dann war ihr Vater gekommen. Nachdem er sie vor ihrer ganzen Familie runtergemacht und sie ein einfaches Mädchen genannt hatte, was immer das war, hatte er Faiths Schwestern dazu abgeordnet, ein Auge auf sie zu haben. *Für den Fall, dass sie ihre Moral völlig verliert,* hatte er gesagt.

Faith hatte sich auf die Lippe gebissen und hatte versucht ruhig zu bleiben. Sie war den ganzen Abend brav gewesen, hatte im privaten Pavillon des Clans zu Abend gegessen und altmodische Brettspiele mit ihren Nichten und Neffen gespielt, bis es Zeit fürs Bett gewesen war. Sie ignorierte die flüsternden Fragen und die neugierigen Blicke ihrer Schwestern, sie hatte das

Rückgrat durchgedrückt und gelächelt, etwas was sie oft tat.

Die Wahrheit war, dass Faith sehr gut darin geworden war, vorzugeben, dass sie sie selbst war. Ihr altes Ich. Die ungebildete, unweltliche Version von ihr selbst, die vor drei Jahren aufgehört hatte zu existieren, diejenige, die sie jeden Tag zurück ins Leben brachte, um ihren Vater und ihre Brüder zufriedenzustellen.

Sie schloss ihre Augen und fragte sich, ob sie die richtige Entscheidung getroffen hatte, als sie ihren Vater überredet hatte, sie das örtliche College besuchen zu lassen und ihr Diplom für Früherziehung machen zu lassen. Es war ein ewiger Kampf und sobald sie ihren Vater dazu überredet hatte, konnte sie nicht mehr zurück. Nicht einmal, als ihre erste Unterrichtsstunde zu ihrem Missfallen in einem Computerraum stattgefunden hatte.

Faith presste die Lippen aufeinander und hielt ein Kichern zurück, als sie an ihr jüngeres naives Ich dachte. Sie war so behütet gewesen, dass sie ein extra Semester einlegen musste, um in Geschichte, Mathe und naturwissenschaftlichen Prinzipien mitzuhalten, die sie beim Home Schooling nie gelernt hatte und sie hatte Nachhilfe im englischen Aufsatz, Computer und Finanzen gebraucht.

Sie war nie wirklich glücklich gewesen, seit sie einen Fuß auf den Campus gesetzt hatte, aber natürlich war nicht die Ausbildung daran schuld. Es gab einfach keine Dinge, die man verlernen konnte, kein Internet, keine Handys oder Softeis. Ehe sie mit der Uni begonnen hatte, hatte sie die Gelegenheiten, in denen sie in einem Restaurant gegessen hatte, an einer Hand abzählen können.

Aber sogar an der West Illinois Uni, einem wahren Haufen falsch zusammenpassender Seelen, hatte Faith nicht dazu gepasst. Sie hatte die Freuden eines Fastfood Hamburger-Mittagessens kennengelernt, aber dann war sie nach Hause gekommen, um wieder ihren Platz in der Küche neben all den anderen Frauen einzunehmen, die Teig kneteten und Brot für den ganzen Clan backten. Während ihre Schwestern und Cousinen lachten und Witze machten, fühlte Faith sich außen vor, ihr Kopf war voll mit dem, was sich wie *sehr* große Gedanken anfühlte.

Als sie sich für den Job in der Vorschule vor Ort beworben hatte, hatte sie eine Handvoll Stunden in der Woche dort gearbeitet, sie war noch weiter aus dem Einklang mit ihrer Familie geworfen worden. Ihr Bruder Jared überwachte jeden ihrer Schritte, er ging sogar so weit, jedes Buch zu überprüfen, dass sie aus der Bücherei mitnahm. Er brachte sie jeden Tag zur Arbeit und holte sie wieder ab, ohne Ausnahme. Ihr Vater und ihr Bruder nahmen ihr die Luft zum Atmen, oh so langsam und sie schienen Faiths schwindendes Lächeln und die zusammengesackten Schultern zu genießen.

Faith rollte sich auf ihre Seite und achtete darauf leise zu sein. Sie dachte daran, wie Jared reagiert hatte, als er sie am Tag zuvor mit Gavin zusammensitzend fand. Als ihr Bruder das ihrem Vater mitgeteilt hatte, waren die nächsten zwei Stunden eine Nonstop hasser-füllte Tirade darüber gewesen, wie wertlos, schwach und unmoralisch die Beran Clan Mitglieder waren. Ihr Vater hatte einige starke Empfindungen über Josiah Beran und seine Söhne und es schien, dass keine von ihnen positiv waren.

Ein neuer Ausbruch lustloser Energie erfüllte Faith und sie konnte es nicht mehr länger aushalten. Sie setzte sich auf und glitt mit ihren Füßen aus ihrem Schlafsack. Sie trug ein langes Baumwollnachthemd und dünne Baumwollleggins, die Standardpyjamas auf die ihr Vater für alle nicht verpartnerten Frauen in ihrer Familie bestand. Sie bewegte sich so ruhig wie sie konnte, stand auf und griff ihre gummibesohlten Hausschuhe und ihre leichte Jacke, die am Fuß ihres Bettes lag.

Faith hielt ihren Atem an, als sie sich aus der Hütte schlich, ihr Herz war starr vor Angst. Im Dunkeln herumschleichen war keine neue Aktivität für sie, sie war oft aus dem Fenster ihres Schlafzimmers im zweiten Stock geflohen, um auf dem Dach zu sitzen und die Sterne zu beobachten. Sie glitt an ihren schlafenden Schwestern vorbei, um aus dem Haus zu gehen, das war ein ganz neues Level an Ungehorsam. Wenn sie erwischt wurde, würde sie bitter dafür bezahlen.

Sobald sie draußen war, zog sie ihre Schuhe an und lief in die Wälder, sie schnitt einen großen Bogen in die Bäume, die sie weit weg von den Hütten führte, wo der Rest ihrer Familie schlief. Der Mond stand hoch und war voll, als sie auf den Hauptweg floh, der zum Rest des Camps führte.

Faith machte Pause an einer Stelle, wo mehrere Wege im Mondlicht vor ihr lagen. Rechts hörte sie Musik und Stimmen, Anzeichen von Feierlichkeiten im Hauptpavillon. Die Wege vor ihr führten zu den einzelnen Clan Hütten. Für einen flüchtigen, verrückten Moment fragte Faith sich, welcher Weg wohl zu Gavin führte, das interessanteste Ereignis in ihrem Leben in letzter Zeit.

Sie schüttelte ihren Kopf, sie wählte den linken Pfad und ging zum See. Der Pfad ging nach unten und in einen weiten Kreis, er endete an den vielen Stegen, die am Seeufer lagen. Die ersten paar Stege, an denen sie vorbeiging waren benutzt, besetzt von glücklichen Paaren, die tranken und redeten und Spaß hatten.

Sie schluckte ihren Neid herunter, Faith ging weiter an mehreren leeren Stegen vorbei, bis sie einen gefunden hatte, der ausreichend weit weg von spähenden Augen war. Sie ging zum Ende des Steges, lies ihre Schuhe dort stehen und setzte sich. Nachdem sie ihre Leggins bis zu den Knien hochgerollt hatte, ließ sie ihre Beine vom Steg baumeln und tauchte ihre Zehen in das kühle Wasser.

Faith lehnte sich zurück und ließ ihr Haar hinter sich fallen. Sie schloss ihre Augen, dann lächelte sie bei dem Gedanken an ein Bad im Mondschein. Sie summte unter ihrem Atem und genoss die gestohlenen Momente der Freiheit. Jetzt hier in diesem Moment musste sie nicht vorgeben, irgendetwas oder irgendjemand zufriedenzustellen.

Ein Geräusch erschreckte sie aus ihren Gedanken. Sie drehte sich um und stand auf. Zwei schwarze Bären, ein riesiger Mann und eine kleinere Frau kamen den Pfad hinunter. Sie beobachtete beide, als sie am Steg vorbeigingen, froh über ihr völliges Desinteresse an ihr.

Ehe sie zurück zu ihrem Mondbad kommen konnte, sah sie eine weitere Person. Groß, dunkelhaarig und mit breiter Brust, er trug ein enges schwarzes T-Shirt und schwarze Laufschuhe. Er wurde langsamer, als er sie sah, seine Bewegung schien schon fast komisch, als er sie ansah. Für einen Schreckmoment hielt Faith ihn fast schon für Gavin. Aber er war ein wenig älter und jetzt wo er näher gekommen war, konnte sie sehen, dass er einen leichten Bart hatte.

Der Mann drehte sich und legte seine Finger an die Lippen und gab einen langen ohrenbetäubenden Pfiff von sich. Sekunden später kamen zwei fast identische Männer hinter den Bäumen hervor. Faiths Kiefer fiel herunter, als sie erkannte, dass einer tatsächlich wirklich Gavin war. Er trug ebenfalls Laufkleidung, obwohl sein Shirt und seine engen Spandexhosen dunkelgrau waren. Ein undamenhaftes Gelächter entwich Faiths Lippen und schnell legte sie die Hand auf ihren Mund.

Gavin winkte denen zu, die nur seine Brüder sein konnten, und sagte etwas in leiser Stimme zu ihnen. Sie starrten sie ein paar Sekunden an, dann drehten sie sich um und liefen in die Wälder davon. Faiths Magen schlug Purzelbäume, als sie erkannte, dass er ihnen nicht folgen würde.

„Hey du", sagte Gavin, als er sich näherte und ihr ein schiefes Lächeln zu warf. Er schien unsicher und Faith konnte ihm keine Vorwürfe machen. Sie war gezwungen worden, unterwürfig und ängstlich zu sein, beide Male, als sie sich getroffen hatten, und er dachte wahrscheinlich, dass sie kein Interesse hatte oder sogar herablassend war.

„Hey auch zu dir", sagte sie und neigte ihren Kopf. Sie spürte, wie sie rot wurde und fluchte innerlich. Alles was sie übers Flirten wusste, hatte sie davon gelernt, als sie den Mädchen an der Uni zugesehen hatte. Sie fühlte sich unbeholfen und dumm, aber ... sie wollte wirklich mit Gavin flirten.

„Ich bin überrascht dich so spät hier draußen zu sehen", sagte er. Faith konnte sehen, dass er den überraschendsten Teil, dass sie *alleine* war, ausgelassen hatte. „Ich bin weggeschlichen", gab sie zu. „Hoffentlich verpfeifst du mich nicht."

Gavin runzelte die Stirn, seine wunderschönen meerblauen Augen leuchteten vor Belustigung.

„Ist das so? Hmm. Ich frage mich, ob das heißt, dass ich mich neben dich setzen kann, ohne dass mir dein Bruder in den Hintern tritt", sagte er und blitzte mit einem weiteren Lächeln.

Faith tat so, als würde sie überlegen, ihre Augen nahmen die zwei Meter Größe in sich auf, jeder Zentimeter besser geformt als der nächste. Er war muskulös, ohne bullig zu sein, Natur gebräunt und insgesamt umwerfend wunderschön. Und diese Augen ... es war klar, dass Gavin intelligent, lustig und nett war.

„Ich glaube, du kannst dich neben mich setzen", sagte Faith endlich und schaute über den Rand des Stegs. Ihr Herz hämmerte in ihrer Brust, ihr Mund wurde trocken. Was zur Hölle machte sie hier überhaupt, mit Gavin zu reden und seinen Körper zu bestaunen? Sie schämte sich, sie war ein hoffnungsloses Mauerblümchen.

Gavin kicherte und setzte sich neben sie und legte seine langen Beine mit einer eleganten Bewegung in den Schneidersitz.

„Du bist also abgehauen. Ich hätte nicht gedacht, dass du so etwas machst", sagte er und warf ihr einen langen Blick zu.

„Ich bin nicht immer so brav", sagte sie und ihre Lippen gingen zu einem Lächeln nach oben. „Natürlich nur wenn meine Familie nicht da ist."

„Ah, das ist also der Trick. Ich nehme an, das ist ein glücklicher Moment. Vielleicht muss ich den Sternen danken", sagte Gavin und schaute in den klaren Nachthimmel.

„Sie sind noch schöner als sonst oder?", seufzte Faith.

Gavin murmelte seine Zustimmung und für eine lange Weile schauten beide einfach nur die Sterne an. Tausend kleine Gedanken fuhren Faith in halsbrecherischer Geschwindigkeit durch den Kopf zusammen mit Impulsen und Ängsten und sie zitterte vor Aufregung.

„Lebst du gerne mit deiner Familie?", fragte Gavin nach einer Minute.

Faith öffnete ihren Mund, dann hielt sie die automatisch abwehrenden Worte noch auf. Sie überdachte seine

Frage, dann schüttelte sie ihren Kopf, während sie ihn ansah.

„Nein, nicht wirklich. Es ist ... einsam", sagte sie.

„Mit all den Menschen um dich?"

„Besonders dann", warf sie ein. „Ich bin nicht die Person, für die meine Familie mich hält. Oder vielleicht bin ich die Person, die sie haben wollen."

Gavin antwortete nicht sofort, sondern schien ihre Wörter zu verarbeiten. Seine nächste Aussage überraschte sie ein wenig.

„Wenn du etwas tun könntest, etwas was du jetzt nicht tun kannst, was wäre das?", fragte er.

Faith sah ihn eine Sekunde lang an, dann schaute sie über den See, während sie über seine Frage nachdachte.

„Kann ich auch zwei Dinge anstatt einer sagen?", fragte sie.

Gavin kicherte und nickte.

„Natürlich."

„Naja, ich würde Kinderbücher schreiben, mit meinen eigenen Bildern", sagte sie.

„Wäre das vielleicht über ein Pony, das alles isst, was es sieht?", fragte Gavin und sah amüsiert aus.

„Auf jeden Fall", sagte Faith, ohne zu zögern. „Es ist eine tolle Geschichte, wenn ich das selbst sagen darf."

„Und das Zweite?"

Faith war einen Moment ruhig, ehe sie antwortete.

„Ich würde mit meiner Mutter reden", sagte sie.

„Deine Mutter ... sie ist nicht ...", sagte Gavin und war sich nicht sicher, wie er seinen Gedanken in Worte fassen konnte.

„Tot? Nein, ich denke nicht. Mein Vater sagt immer, sie ist weg, aber ich glaube, dass sie irgendwo da draußen ist, und ein neues Leben lebt", sagte Faith. Sie wurde rot und biss sich auf die Lippen. „Ich weiß nicht, warum ich dir das alles erzähle. Es ist wahrscheinlich mehr, als du wissen musst."

„Überhaupt nicht", wehrte Gavin ab. „Es ist ehrlich. Ich mag Ehrlichkeit."

„Ich frage mich, was du von uns, von meiner Familie hältst", sagte Faith und schaute hoch und ihn direkt an. Zum ersten Mal nach langer Zeit wollte sie wissen, wie jemand anderes ihren Clan sah.

„Ich glaube, sie ist ziemlich streng", sagte er. „Deine Brüder scheinen ziemlich überheblich zu sein."

„Das glaubst du nur, weil du meinen Vater noch nicht getroffen hast. Er ist noch viel schlimmer."

Gavin nickte, aber schien nicht allzu abwertend.

„Warum gehst du dann nicht?", fragte er.

„Wo soll ich denn hingehen?", fragte Faith und lachte humorlos. „St. Louis ist das Weiteste, was ich je von zu Hause weggewesen bin und ich war noch nie alleine in meinem Leben. Ich habe nichts und das einzige für das ich qualifiziert bin, ist Kinder zu unterrichten. Ich würde nicht einen Monat alleine aushalten."

„Was ist das Schlimmste, was passieren kann? Du versuchst es und du kannst scheitern, aber dann hast du es wenigstens probiert", sagte Gavin mit gerunzelter Stirn.

„Sie würden mich nicht zurücknehmen. Wenn ich jemals gehe, dann wäre es für immer. Ich würde meine Schwestern oder Neffen oder Nichten nie wieder sehen", erzählte Faith trocken. „Als ich gesagt habe alleine, meinte ich das auch so."

Gavin wollte etwas sagen, dann schien er sich besser zu besinnen.

„Naja zumindest bist du jetzt nicht alleine", bot er an.

Faith schaute ihn an, ihr Humor kam zurück.

„Nein, ich glaube, das bin ich nicht."

Der Moment war unvermeidlich, unaufhaltsam. Ehe sie es wusste, lehnte Faith sich näher an Gavin, als er sich auch näher zu ihr lehnte. Seine Hand strich über ihre Taille und ließ sie zittern, als er nach oben griff und ihr dickes blondes Haar zurückstrich.

In der Sekunde, als ihre Augen sich schlossen, streiften seine Lippen ihre. Sein Mund war weich und warm, sein Duft erdig und männlich und sie konnte die Hitze von seiner Haut spüren. Faith lehnte sich noch näher, lehnte sich mit ihrer Schulter und ihrer Seite an seine Hüfte, seine Taille, seine straffe Brust.

Gavins Lippen arbeiteten so sanft an ihrer, teilten sie mit einem sanften Schnellen seiner Zunge. Sie wollte stöhnen oder seufzen oder schreien, aber die Spitze ihrer Zunge berührte seine und plötzlich brannte eine Sehnsucht in ihr. Jeder Zentimeter ihrer Haut war quälend heiß und erwartungsvoll –

„Faith, was zum TEUFEL?", erklang die Stimme ihrer Schwester Lacey.

Faith sprang sofort auf, zwinkerte ungläubig, als sie sich umdrehte und ihre Schwestern den Weg in Richtung Steg herunterrennen sah.

„Oh, oh", war alles, was Faith herausbekam. In einer Sekunde sah sie Debra folgen und Jared dahinter. Ihr Vater und mehrere ihrer Brüder erschienen als Nächstes. Für einen flüchtigen Moment dachte sie, sie sah auch beide Brüder von Gavin, aber nur einer von ihnen kam aus den Wäldern, direkt hinter ihrem Vater hervor.

„Oh mein Gott", murmelte Faith. „Vielleicht sollten wir in den See springen und um unser Leben schwimmen."

Gavin runzelte die Stirn, dann stand er auf und bot ihr seine Hand. Er half ihr hoch und legte seine Hand auf ihren schmalen Rücken und führte sie den Steg hinunter, um die sich bildende Gruppe ihrer Familie zu treffen, er schien nicht zu bemerken, dass seine Berührung sie zittern ließ.

„Was glaubst du, machst du hier draußen mit meiner Tochter?", donnerte Faiths Vater, als er sie erreichte.

„Reden?", sagte Gavin und blieb ruhig.

„Faith komm her", bellte Aros. Jared stellte sich neben ihm und gab seine Wut perfekt wieder. Als Faith sich nicht bewegte und wie angewurzelt auf ihrer Stelle stehen blieb, griff Jared nach ihr, griff ihre Taille und zog sie zu sich.

„Ich wusste es, du Schlampe", knurrte Jared. „Ich wusste, man kann dir nicht vertrauen. Hier draußen einfach ein, ein Stelldichein zu haben –"

Jared tobte und ließ Faiths Taille nur los, um sie dort anzufassen, wo ihre Schulter auf ihren Nacken traf, seine Lieblingsmethode der Bestrafung. Seine Finger gruben sich in ihr Fleisch, der Schmerz war ein stechender Ausbruch, der sie fast auf die Knie zwang.

„Wage es ja nicht –" hörte sie Gavin sagen. Faith versuchte, ihren Kopf zu drehen, ihm zu sagen, dass er sich nicht einmischen sollte, aber ihre Zunge machte nicht mit.

„Geh zurück", krächzte ihr Vater und streckte seine Hand aus und drückte Gavin ein paar Schritte zurück.

„Du wirst meine Tochter nicht noch einmal anfassen."

Die Dunkelheit, die Gavins Blick erfüllte erschrak Faith und ließ sie zusammenzucken.

„Nimm deine Hände von meinem Bruder, alter Mann", erklang eine weitere Stimme. Gavins Bruder trat hinter Faiths Vater und sah mörderisch aus.

„Ihr Berans", spie ihr Vater. „Ihr steckt eure Nasen immer in Angelegenheiten, die euch nichts angehen. Das ist eine Familienangelegenheit. Jared bring sie her."

Ihr Vater drehte sich um zum Gehen. Jared drehte

sich um und nahm Faith mit sich und erst da bemerkten sie, dass sich eine Menge am Ende des Stegs versammelt hatte. Gavins Vater drängte sich durch die Gruppe mit dem anderen Bruder an seiner Seite. Ganz hinten an den Bäumen entdeckte Faith Gavins Mutter und Tante. Ihre Erniedrigung war jetzt vollständig und vollkommen.

„Warte", rief Gavin, als Jared Faith in Richtung der Menge schob. „Wir werden uns verpartnern! Sie steht unter meinem Schutz!"

Alle wurden still. Faith konnte die bohrenden, wütenden Blicke ihres Vaters und Bruder spüren, die sich auf sie richteten.

„Stimmt das?", fragte ihr Vater mit zusammengebissenen Zähnen.

Faith öffnete ihren Mund, aber Jared schüttelte sie fest.

„Du sagst besser, dass es nicht stimmt", zischte er. „Und wenn du die Familie in Verlegenheit bringst, werde ich dich dafür zahlen lassen. Du kannst mir nicht entkommen."

Diese Aussage erweckte vor allem Faith zum Leben.

„Es stimmt", rief sie. „Gavin hat mich gefragt, ob ich seine Partnerin sein will. Ich habe ja gesagt."

Jared brüllte, als er sie auf ihre Füße zwang, Wut glitzerte in seinen Augen.

„Du wirst dir wünschen, du wärst nie geboren", versprach er. Seine Haut kräuselte sich, sein Bär war bereit herauszukommen. Dann traten Gavin und seine Brüder zwischen ihnen. Gavin beugte sich herüber und zog Faith nahe an sich. Sein Bruder warf Jared ein freches Grinsen zu, als er seine Hand ausstreckte und Jared einen kräftigen Schubs gab, Jared fiel vom Steg und mit einem großen *Platschen* ins Wasser.

„Blödes Arschloch", hörte sie Gavins Bruder murmeln.

„Gavin", sagte sie und klammerte sich an ihn. Sie starrte ihn an, ihre Finger krallten sich in seinen Vorderarm, während sie verzweifelt versuchte ... ihm zu danken? Ihn zu warnen?

„Shh, das ist in Ordnung", sagte er. In der nächsten Sekunde schlang Gavin seine Arme um sie und schützte sie und gab ihrem plötzlichen kühlen Körper viel nötige Wärme.

„Okay, hört auf."

Faith sah, dass Josiah Beran versuchte die Menge zu teilen.

„Sie wird heute Nacht in einer unserer Hütten bleiben", informierte Gavins Vater die Menge.

„Als ob", protestiere Faiths Vater.

„In einer der Frauenhütten", erklärte Josiah. „Mit Wachmännern draußen, falls irgendjemand was versuchen möchte. Nach dieser kleinen Show wird sie auf keinen Fall mit euch zurückgehen."

Mehrere Menschen in der Menge nickten und schienen mit der Lösung zufrieden zu sein.

„Ich stimme zu", sagte ein weiterer silberhaariger Alpha, mit verschränkten Armen und direkt auf Faiths Vater starrend. Hinter ihnen kletterte Jared wieder auf den Steg, tropfend und spuckend.

Gavin stand auf und zog Faith auf die Füße, als sie mit Tränen in den Augen zitterte, nahm er sie einfach hoch und trug sie durch die Menge. Scham brannte in ihr und Faith drehte sich um und verbarg ihr Gesicht an seiner Brust, während sie das Schluchzen, das verzweifelt versuchte zu entkommen, zurückhielt.

Gavin trug sie bis zur Hütte ihrer Familie, direkt hinein und auf eines der Betten. Faith atmete tief ein, roch ihn überall, als er sie auf den Schlafsack legte.

„Warte, das ist dein Bett", sagte sie und zuckte zusammen bei ihrem mädchenhaften Ton. Sie dachte, dass er gut aussah, und sie waren jetzt scheinbar verlobt, aber …

„Meine Mutter wird bei dir bleiben. Ich werde mit meinen Brüdern draußen bleiben und aufpassen", sagte Gavin.

Faith ging in einer Sekunde von schüchtern auf kleinlaut.

„Oh", sagte sie und ihre Stimme klang leise.

„Ich will nicht noch mehr Theater machen, das ist alles. Die Hälfte der Clans im Land schauen uns jetzt zu", sagte Gavin und strich eine Haarsträhne aus Faiths Gesicht.

„Wenn ich hier bei dir bleibe, dann würde das … Es würde einige deiner Entscheidungen wegnehmen."

„Okay", seufzte sie und fühlte sich dumm.

„Klopf, klopf", sagte Genny Beran und betrat das Zimmer.

„Hey, Ma", sagte Gavin. Ein Blick wechselte zwischen Mutter und Sohn, etwas Liebevolles, das Faith nicht richtig verstand.

„Okay, raus mit dir", sagte Genny und schob Gavin hinaus. „Ich bin sicher, Faith ist ziemlich müde, oder meine Liebe?"

Faith warf ihr ein dankbares Lächeln zu und nickte. Zu ihrer Überraschung war sie tatsächlich müder, als sie bemerkt hatte. Gavin winkte ihr schnell zu.

„Wir sehen uns morgen früh, meine Damen", sagte er, ehe er verschwand.

Faith stieß einen langen Atem aus und rieb sich mit ihren Händen über ihr Gesicht.

„Faith …", sagte Genny und ihr Ausdruck war verständnisvoll. „Es wird wieder in Ordnung kommen."

Faith lachte kehlig.

„Tut es das? Es fühlt sich nicht so an", sagte sie. „Gavin und ich sind nicht wirklich –"

Genny brachte sie mit einer Geste zum Schweigen.

„Keine Einzelheiten, Liebes. Von all meinen Söhnen hat Gavin das größte Herz. Ich bin mir sicher, er hat getan, was immer getan werden musste."

Faith schaute sie an.

„Danke", sagte sie. „Wirklich, Ihre ganze Familie ist so nett."

„Psst", sagte Genny. „Wenn es in Ordnung ist, dann mache ich das Licht aus? Ich bin wirklich erschöpft von der ganzen Aufregung."

„Natürlich", sagte Faith und legte sich zurück in Gavins Schlafsack.

„Gute Nacht, Liebes", sagte Genny und machte das Licht aus und rollte sich auf die Seite. Nach ein paar Minuten konnte Faith die Frau leise schnarchen hören.

Erst dann begann Faith sich zu entspannen, vergrub ihre Nase in Gavins Bett und atmete seinen wunderbaren Duft ein, während sie langsam einschlief.

KAPITEL 5

*G*avin schaute von seinem Kaffee hoch als Cameron und Wyatt sich gegenüber von ihm am Picknicktisch niederliessen. Er hatte die halbe Nacht an derselben Stelle gestanden, mit Sicht auf die Vordertür seiner Hütte, und hatte seine neue Lage immer wieder in seinem Kopf durchdacht.

Und jetzt mit der Morgendämmerung, die über die Bäume schaute, hatte er immer noch keine Lösung. Er konnte Faith nicht bei ihrer verrückten, missbrauchenden Familie lassen. Er würde sie nicht verlassen, wenn die Dinge schwierig wurden. Andererseits, wenn sie widerstand, konnte er sie zwingen mit ihm zu kommen? Wenn er das tat, wäre er dann besser als ihr Vater oder ihre Brüder?

„Ach, er hat diesen Blick", sagte Cam und stieß Wyatt in die Rippen.

„Das hat er", stimmte Wyatt zu. „Ein verpartnertes Gesicht. Man beachte das Elend."

„Verpisst euch", seufzte Gavin und lehnte seine

Ellbogen auf den Tisch, während er seine Brüder anstarrte.

„Und das nach unserer Hilfe letzter Nacht", beschwerte sich Cam. „Das ist der Dank dafür."

„Ihr beide hört euch wie Zwillinge an, ihr redet immer nur hin und her zwischen euch", sagte Gavin.

Wyatt schaute Cam an und beide zuckten in perfektem Einklang. Dann brachen sie in Gelächter aus.

„Gott", murmelte Gavin.

„Schau mal. Im Ernst", sagte Cam und sein Gelächter wurde leiser. „Wir wissen, dass du es bereust, nicht bei unserer kleinen Wette mitgemacht zu haben. Da du dir jetzt eine Partnerin angelacht hast, wahrscheinlich auch noch eine Jungfrau, können wir dir einige Geschichten erzählen, damit du nachts warm bleibst."

„Natürlich nur aus brüderlicher Liebe", fügte Wyatt hinzu.

„Eine Jungfrau?", sagte Gavin und rieb sich das Gesicht. „Oh Gott, ihr habt wahrscheinlich recht."

„Das ist neu für dich, Bürschchen", sagte Cameron. „Normalerweise haben die Mädchen die du datest eine meterlange Liste an Ex-Freunden. So bekommen sie alle ihr emotionales Päckchen."

Cam setzte sich mit einem zufriedenen Lächeln zurück, wissend, dass er Gavin zur Weißglut brachte.

„Diese Puppe ist auf eine ganz andere Weise gebrochen. Faszinierend muss ich zugeben", sagte Wyatt und machte Camerons Haltung nach.

„Hab ich schon gesagt, dass ihr euch verpissen sollt? Weil wirklich, verpisst euch", sagte Gavin zu ihnen.

„Der Mann hat noch was vor", sagte Cam zu Wyatt. „Anscheinend bekommt Gav nicht ausreichend traurige Fälle auf der Arbeit, von Menschen, die ihre Kinder schlagen."

„Ich würde mir vorstellen, dass die Wahrung des Friedens in der Red Lodge jedes Loch in seinem Herzen füllen würde, aber anscheinend tut es das nicht", antwortete Wyatt.

Gavin wollte ihnen wieder sagen, dass sie sich verpissen sollen, hielt dann aber inne. Er starrte seine Brüder nachdenklich an.

„Seid ihr beide … wirklich besorgt oder albert ihr nur auf die beschissenste Weise herum, wie es nur geht? Ist das möglich?", fragte Gavin.

Cam und Wyatt wurden ruhig und schauten sich an. Wyatt zuckte schließlich die Schultern.

„Hör mal, wenn du dich mit einer Jungfrau mit einer mörderischen Familie verpartnern willst, die zu wer weiß was in der Lage sind, dann ist das deine Entscheidung", sagte Wyatt. Er vermied den Augenkontakt. Was Gavin dazu veranlasste, dass was Wyatt sagte, sehr ernst zu nehmen.

Die Tür der Hütte öffnete sich. Faith kam heraus, gefolgt von Gavins Eltern. Faith schaute hoch und warf ihm ein gequältes Lächeln zu, ehe sie ihren Blick auf den Boden wandte.

„Die Messics kommen", grummelte Josiah.

Faith hielt im Laufen inne und sah aus, als wenn sie weglaufen wollte.

„Faith", rief Gavin ihr zu. „Warum setzt du dich nicht zu mir, okay?"

Nach einer langen Sekunde warf sie ihm ein schwaches Lächeln zu und machte genau das. Sie schaute herüber zu Wyatt und Cameron. Es war klar, dass sie etwas sagen wollte, aber es fühlte sich an, als wenn es zu privat war, das vor seinen Brüdern zu tun. Gavin lehnte sich nah an sie und flüsterte ihr zu.

„Wir müssen jetzt nichts entscheiden, außer ob du

mit deiner Familie nach Hause gehen willst. Okay?",
fragte er.

Faith schaute ihn an, ihre haselnussbraunen Augen
leuchteten vor Gefühl. Sie nickte ihm zu und biss sich
auf die Lippe.

„Willst du mit ihnen nach Hause gehen oder mit uns
mitkommen?", fragte Gavin.

Faith schaute weg und atmete tief ein. Als sie
zurückschaute, schien sie sich entschieden zu haben.

„Ich kann nicht nach Hause gehen", flüsterte sie
zurück.

„Okay. Das ist alles, was du sagen musst. Überlass
uns einfach das Reden und wir sind hier ganz schnell
raus."

Gavin streckte seine Hand raus und nahm Faiths,
steckte ihre Finger in seine. Sie runzelte die Stirn und
für eine Sekunde sah es aus, als wenn sie weinen wollte.
Stattdessen schüttelte sie ihren Kopf und drückte weich
seine Hand.

Gavins Brust zog sich bei der Geste zusammen,
etwas brodelte in ihm, stark und beschützend und
hungrig.

Faiths Vater trat auf die Lichtung, ihre Brüder auf
seinen Fersen. Er ging direkt zu Faith. Gavin stand auf,
aber ließ Faiths Hand nicht los. Seine Brüder standen
hinter ihm, aber letztendlich hielt sein Vater die andere
Alpha Progression mit einer einfachen Geste an.

„Das reicht", sagte Josiah. „Lasst uns die Dinge fried-
lich regeln."

„Meine Tochter ohne meine Erlaubnis hier herzu-
bringen, hört sich nicht unbedingt nach einer friedlichen
Geste an", sagte Aros und stellte sich breitbeinig hin und
verschränkte seine Arme.

„Sie ist die zukünftige Partnerin meines Sohnes.

Muss ich das Alpha Regelbuch rausholen, Aros?", forderte Josiah ihn heraus.

„Ich glaube, das ist alles für die Show, obwohl ich deine Gründe nicht verstehe", sagte Aros. Er drehte sich zu Faith und warf ihr einen bösen Blick zu. „Du kannst immer noch mit uns kommen, wenn deine Jungfräulichkeit noch intakt ist, Faith."

Faith wurde total rot, Tränen sammelten sich in ihren Augen. Gavin fühlte eher das leise Knurren, das seiner Brust entwich. Er zog an ihrer Hand und zog sie näher zu sich. Dass sie zuließ, dass er einen Arm um ihre Taille legte, besänftige ihn und seinen Bären auf tiefe primitive Art.

„Ich bin … ich komme nicht zurück", schaffte Faith es zu sagen, ihre Stimme war nur ein Flüstern.

„Du wirst aus dem Clan ausgestoßen. Das verstehst du oder?", spottete ihr Bruder und machte einen großen Schritt nach vorne.

„Lass mich dich nicht wieder angreifen", knurrte Wyatt und machte mehrere Schritte nach vorne in Richtung Jared.

„Hör auf", sagte Josiah und hielt eine Hand hoch. Wyatt wurde ruhig, aber er zeigte Faiths Bruder seine Zähne. Wenn die Situation weniger ernst gewesen wäre, hätte Gavin vielleicht über diese Eskapaden seines Bruders gelacht. Natürlich kannte er Wyatt. Für einen Fremden war Wyatt nichts weiter als ein schnelles Versprechen für Gewalt.

„Wenn du sie unbedingt mitnehmen willst, dann ist das so", sagte Aros. „Sie wird nichts weiter als eine Last sein, so wie sie es für uns gewesen ist."

„Niemand kämpft um eine Last", sagte eine weibliche Stimme.

Alle drehten sich zu Gavins Mutter um, die groß und stolz neben der Hütte stand.

„Du erlaubst deiner Partnerin, jetzt für dich zu sprechen, Beran?", fragte Aros mit einem grausamen Lachen.

„Sie ist klüger, als jeder andere, den ich kenne. Ich bin stolz, dass sie für mich spricht", sagte Josiah. Er brüstete sich und versuchte seinen Bären im Zaun zu halten. Seine Partnerin war Josiahs einzige Schwachstelle, ein Thema, dass ihn in Sekundenschnelle in einen uneingeschränkten Kampf verwickeln konnte.

Aros spuckte auf den Boden, sein Gesicht war voll von Ekel.

„Du bist schwach", sagte er.

„Hol Ma", sagte Cam zu Gavin. „Bringe sie und Faith zum Auto. Wir treffen euch dort."

Aros und Josiah stritten jetzt, aber Gavin hörte ihnen nicht mehr zu.

„Zur Hölle. Ich gehe nicht", sagte Gavin und knurrte seinen Bruder an. „Ich will einen großen Bruder hier haben."

„Sie werden dein Mädchen kriegen, vielleicht auch Ma verletzen. Das will ich ihnen nicht antun. Du vielleicht?"

„Scheiße", murmelte Gavin und schaute auf Faith. Sie sah jetzt völlig verängstigt aus und er konnte tatsächlich ihre Finger zittern fühlen, während sie sich an seiner Hand festhielt. Seine Mutter andererseits ... als er sie ansah, rollte sie tatsächlich ihre Ärmel hoch. Als wenn ihre Söhne sie in einen reinen Faustkampf mit einem Haufen stämmiger Berserker schicken würden.

„Wyatt, Schlüssel!", keifte Cam. Ohne hinzusehen, fischte Wyatt die Schlüssel zu seinem Mietauto aus seiner Tasche und warf sie Cameron zu, der sie zu Gavin weitergab.

„Verdammte Scheiße", sagte Gavin und zog Faith hinter sich her. Er schaffte Platz für seine Mutter und überließ seinen Brüdern die Verteidigung, während er beide Frauen praktisch zum Parkplatz zog.

Sie erreichten das Auto in weniger als einer Minute. Gavin machte die Tür auf und setzte beide Frauen auf den Rücksitz und warf ihnen einen ersten Blick zu.

„Wenn einer von euch das Auto aufmacht, ist er verantwortlich dafür, was der anderen Person passiert. Versteht ihr? Wenn ihr aussteigt und jemand einen von euch verletzt, dann ist es die Schuld desjenigen, der die Tür aufgemacht hat. Macht die Tür nicht auf."

Faith sah ihn mit großen Augen an, sie schluckte schwer, während sie nickte. Gavins Mutter verschränkte ihre Arme und schnaufte, als sie sich zurücksetzte, sie sah unzufrieden aus. Gavin schloss die Tür und machte den Alarm mit dem Schlüsselanhänger an.

Er drehte sich um und lief zurück zur Lichtung, aber seine Brüder und sein Vater kamen ihm auf halbem Wege entgegen.

„Was, ist es schon vorbei?", fragte Gavin.

„Einige der anderen Alphas sind gekommen und haben alle rausbeordert", bedauerte Wyatt.

„Mist", sagte Gavin kopfschüttelnd.

„Ich weiß. Keine Sorge, ich habe den Bruder ordentlich verprügelt. Ich glaube, ich habe ihm die Nase gebrochen", sagte Cam und sah fröhlich aus, trotz des Bluts, was aus einer Seite seines Mundes lief.

„Ich wäre wirklich gern derjenige gewesen, der ihm die Nase bricht", seufzt Gavin.

„Nächstes Mal, mein Sohn", sagte Josiah und klopfe Gavin auf den Rücken, während sie zurück zum Parkplatz gingen.

„Was jetzt?", fragte Gavin.

„Cam und Wyatt werden unsere Hütten ausräumen und dann fahren wir zum Flughafen. Ich brauche ein wenig frische Luft. Montanaluft, um genau zu sein", gab Josiah bekannt.

Gavin dachte, er hätte in seinem ganzen Leben noch keine bessere Idee gehabt.

KAPITEL 6

aith nippte an ihrem Flughafenkaffee und starrte auf das geschäftige Terminal. Gavin und seine Eltern waren losgegangen, um irgendwelche Verwaltungsangelegenheiten zu klären, sollte heißen Faith irgendwie, ohne irgendwelche Dokumente mit ins Flugzeug zu bekommen. Sie hatte das Camp mit nichts Weiterem als ihre Kleidung am Leib verlassen und sie trug nie einen Führerschein oder Pass mit sich. Musste sie auch nicht, weil die Frauen in ihrer Familie sowieso nicht fahren durften.

Also saß sie jetzt hier am Internationalen Flughafen Lambert in dem kleinen Wartebereich mit Cameron und Wyatt. Obwohl die Beran Familie praktisch alle Fremde für sie waren, hatte sie kaum eine Handvoll Wörter mit beiden von Gavins Brüdern getauscht. Sie schienen auch nicht so darauf erpicht.

Sobald Gavin und seine Eltern gegangen waren, um die Dokumentenfrage zu klären, sprang Cameron auf und ging zum Geschenkeladen. Faith konnte ihn noch im Terminal sehen, wie er durch die Magazine blätterte.

„Also. Was ist los?"

Faith starrte Wyatt an, der aufstand und sich auf den Sitz neben ihr fallen ließ.

„Ich – Was meinst du?", fragte sie und wurde rot. Etwas an Wyatt schreckte sie ab, etwas ließ sie sich unglaublich unwohl fühlen. Er war einer der gut aussehendsten Männer, die sie je getroffen hatte, aber es war mehr als das. Er hatte etwas an sich, eine Dunkelheit die sie fliehen lassen wollte.

„Ich frage mich nur, wie all das gekommen ist", sagte er gesprächslustig und schlug ein Bein über das andere und lehnte sich in seinem Sitz zurück. „In einer Minute sind wir auf einem Camping Ausflug. In der nächsten Minute rettet mein Bruder dich wie eine Prinzessin aus einer Burg. Was hat es damit auf sich?"

„Ich – ich weiß nicht, was du meinst", sagte Faith und wandte sich auf ihrem Sitz.

„Äh hm. Also fickt ihr beide oder will er dich ficken und du lässt ihn nicht oder was?", fragte Wyatt und zog einen Zahnstocher aus seiner Tasche und steckte ihn zwischen seine Zähne.

„Das ist schrecklich so etwas zu sagen", sagte Faith und verschränkte die Arme.

„Also noch kein ficken. Verstanden. Kann nicht sagen, dass ich überrascht bin. Du siehst ziemlich prüde aus", sagte Wyatt und sein Blick glitt an ihrem Körper hoch und runter und schien ihren Fehler finden zu wollen.

„Na ja, das wirst du nie rausfinden", keifte Faith und zog an ihrem abgetragenen Kleid und setzte sich gerade hin.

Wyatt warf seinen Kopf kichernd zurück.

„Schön. Immerhin hast du Pfeffer. Die meisten Mädchen, die Gavin rettet, sind so langweilig."

„Vielleicht solltest du mit deinem Bruder in den

Geschenke Laden gehen", sagte Faith und drehte ihr Gesicht weg.

„Er macht das, weißt du. Gavin mag die kleinen gebrochenen Mädchen, Frauen, die er wieder in Ordnung bringen kann."

„Das geht mich wirklich nichts an."

„Ja, okay. Ich schau dich an, meine Dame. Du scheinst nett zu sein, da bin ich mir sicher. Aber schau dich mal an und deine Familie und dann schau dir meine Familie an. Wir sind nicht auf der gleichen Seite. Nicht mal im selben Buch. Es gibt nur einen Grund, warum ein Mädchen wie du an einen Typen wie meinem Bruder gerät."

Faith drehte sich wieder zu ihm um, ihre Augen weiteten sich vor Unglauben.

„Geld", sagte Wyatt, dann grinste er.

„Du bist ... ach", spottete Faith.

„Na ja, was soll es sonst sein? Wenn du einen Alpha Mann haben willst, hättest du mich oder Cam gewählt. Gavin ist das Weichei der Familie, eine gute Schulter zum Ausweinen."

Faiths Kiefer fiel und sie senkte ihren Blick, ehe sie etwas sagte, was sie auf jeden Fall bereuen würde. Wyatt war vielleicht ein Idiot, aber seine Familie rettete sie tatsächlich. Sie wollte nicht die Chance nehmen, dass sie sie alle entfremdete. Nicht nachdem sie so nett gewesen waren. Ihr Bruder Jared hatte bei jeder Angelegenheit die Aufmerksamkeit ihres Vaters, vielleicht war es mit Wyatt und Josiah Beran genauso.

„Ich verstehe. Sag nichts. Merke dir nur, dass du keinen Cent bekommst, wenn du ihn als Partner nimmst. Ich werde sichergehen, dass mein Bruder geschützt wird. Und du trampelst besser nicht auf seinen Gefühlen herum. Das würdest du bis zu deinem Todestag bereuen", versprach Wyatt.

Noch ehe Faith antworten konnte, stand Wyatt auf und ging hinüber zum Geschenke Laden und griff ein paar Tüten mit Bonbons. Faith hielt die wütenden Tränen zurück, die rauswollten und erkannte plötzlich, dass auch diese wundersame Rettung vor ihrem Bruder und Vater nicht ohne Konflikte bleiben würde.

Vielleicht gab es kein glückliches Ende für sie, grübelte Faith.

KAPITEL 7

aith konnte sich nicht davon abhalten, ihre Nase gegen das Autofenster zu drücken, als Gavin sie von der Lodge zum Gästehaus fuhr. Sie war völlig verblüfft von dem Anblick, all die hoch aufragenden Berge mit weißen Spitzen und den samtig grünen Hügeln. Jeder Zentimeter der Landschaft war mit lebendigen, atemberaubenden Farben und aufregenden Texturen bemalt. Vom trockenen, langweiligen Illinois zu diesem …

„Wir sind fast da", sagte Gavin und erschreckte sie. Sie drehte sich vom Fenster weg und wurde ein wenig rot, als sie die Belustigung in seinem Blick sah.

„Ich muss mich anhören, wie eine Landratte", seufzte sie. „Es ist nur … ich kann nicht glauben, dass du hier draußen lebst. Es ist so wunderschön. Ich kann davon gar nicht genug bekommen."

„Na ja, ich lebe eigentlich in Billings. Ich bin normalerweise an den Wochenenden hier", informierte Gavin sie. „Ich werde allerdings einen langen Urlaub nehmen, bis all das hier geregelt ist."

Faith runzelte die Stirn, ihre Stimmung sank.

„Ich will dich nicht von deiner Arbeit abhalten", sagte sie. „Und wann sollen wir überhaupt wissen, wann das hier geregelt ist?"

Gavin schaute zu ihr hinüber und dachte über ihre Worte nach.

„Ich denke, das werden wir gemeinsam entscheiden", sagte er. „Und ich habe drei Monate Urlaub über die letzten sieben Jahre angesammelt. Ich glaube, die habe ich verdient oder?"

Faith presste ihre Lippen zusammen und wollte nicht mit ihm streiten. Anschließend würde sie mit einem guten Plan aufwarten, sie würden die Dinge neu verhandeln. Sie sah wieder aus dem Fenster und keuchte, als ein dunkles Gebäude in Sicht kam.

„Das ist dein Gästehaus?", rief sie. Es war in demselben rustikalen Stil wie die Lodge selber, es war schon fast eine übergroße Hütte. Diese Struktur war kleiner als das Haupthaus, aber auch nicht so viel.

„Ja. Ma ermutigt die Besucher gerne", sagte Gavin mit einem Achselzucken.

Sein Verhalten war so lässig wie ein Kavalier und Faith fiel ein, dass er keine Ahnung hatte, wie glücklich er sich schätzen konnte. Sie würde Gavin nicht als jemanden beschreiben, der ein privilegiertes Verhalten an den Tag legte, aber es schien ihm nicht bewusst, wie viel an dem Namen seiner Familie hing. Faiths Familie war sehr arm, ein Zustand aus ständiger Zufriedenheitsstellung und Frust.

Gavin kam vor dem Haus zum stehen und sprang heraus, er ging hinüber, um Faith die Tür zu öffnen.

Dann öffnete er den Kofferraum und zog seinen Koffer heraus, sowie eine Kiste mit Dingen, die Genny für Faith gepackt hatte. Trotz Faiths Protest hatte Gavins Mutter darauf bestanden, bei Target anzuhalten, sobald sie aus dem Flugzeug gestiegen waren. Genny hatte einen ganzen Wagen voll von Kleidung und Kosmetikartikeln gefüllt und sich geweigert, auch nur ein Wort darüber zu verlieren.

Es war das erste Mal in ihrem Leben, das Faith Kleidung auswählen und anprobieren musste; das meiste ihrer Kleidung waren getragene Kleider oder Kleider, die sie selbst aus alten Stoffen gemacht hatte. Genny hatte sofort bemerkt, wie schockiert Faith war, und hatte Tausende Dinge für sie zum Anprobieren ausgesucht. Faith hatte sofort ein paar Dinge abgelehnt, die viel zu unbequem für sie erschienen, aber am Ende hatte Genny einfach alles mitgenommen, von dem sie dachte, dass es Faith stand.

Faith schüttelte ihren Kopf bei der Erinnerung daran und starrte das Gästehaus an.

„Es ist so nett von deinen Eltern, dass wir hier wohnen dürfen", sagte sie zu Gavin gewandt.

Gavin schnaubte.

„Machst du Witze? Meine Mutter würde dich am liebsten im Haupthaus behalten und dich umsorgen wie eine chinesische Porzellanpuppe, wenn du sie lässt. Sie glaubt, du bist das Beste seit der Erfindung der Bratkartoffel", sagte er.

Faith warf ihm einen argwöhnischen Blick zu.

„Ich mein da so", sagte Gavin. „Sie ist wahrscheinlich schon online und bestellt dir noch mehr Sachen. Bereite dich darauf vor, verwöhnt zu werden."

Faith schaute auf die Kiste und ihr Magen brannte.

„Das ist zu viel", seufzte sie. „Kannst du sie davon abhalten noch irgendwas Weiteres zu bestellen?"

Gavin schnaubte nur und ging zum Haus, er schien den Gedanken nicht einmal in Betracht zu ziehen. Er öffnete die Tür und ging dann einen Schritt zurück und verbeugte sich, während sie hineinging.

„Meine Dame", witzelte er und winkte Faith zu.

Sie konnte nicht anders und musste lächeln. Im Inneren staunte sie über die Schönheit des Hauses. Der Vorderraum war ein großer langer Raum, mit Fenstern und dunklem Holz, das die Küche und den Wohnbereich umrahmte.

„Die Schlafzimmer sind dort", sagte Gavin und zeigte auf einen Flur rechts. „Es gibt drei Schlafzimmer und jedes hat sein eigenes Badezimmer. Such dir eins aus, aber du magst vielleicht das auf der linken Seite."

„Dieses Haus ist toll", sagte Faith und fühlte sich zum ersten Mal in ihrem Leben klein.

„Na ja du kannst gerne losgehen und es entdecken. Ich muss noch einmal zum Haupthaus und die Lebensmittel holen und noch ein paar Dinge von Ma's Liste."

Er war aus der Tür, noch ehe Faith etwas sagen konnte.

„Männer", seufzte sie. Dann lachte sie, weil sie nicht wirklich viel über Männer wusste, abgesehen von denen aus ihrer Familie. Und wenn Gavin anders als ihr Vater und ihre Brüder war, dann würden Faiths Erfahrungen wahrscheinlich nicht viel abdecken.

Faith schluckte und versuchte nicht an die Tatsache zu denken, dass dies die erste Nacht in ihrem Leben war, die sie jemals in einem fremden Haus verbrachte, mit einem Mann der nicht mit ihr verwandt war. Der reine Gedanke ließ ihren Mund trocken werden, sie räusperte sich und ging in Richtung der Schlafzimmer.

Sie ging auf den Flur und öffnete die erste Schlafzimmertür und lächelte, als sie es sah. Es war alles sehr männlich, alles aus dunklem Holz und in marineblauer Farbe. Es gab ein weiteres Panoramafenster in diesem Zimmer, obwohl eine Ansammlung von Bäumen praktisch einen Teil der Aussicht verdeckte. Die Kieferbäume schienen irgendwie gut zum Zimmer zu passen.

Sie ging den Flur herunter und öffnete die zweite Schlafzimmertür. Dieses Zimmer war sehr einfach, mit einem kleinen Schlafsofa auf einer Seite und einem breiten Eichentisch auf der anderen Seite. Es war in fröhlichem Gelb und Blau gehalten, die Möbel umrahmten ein großes Erkerfenster mit einer gepolsterten Bank. Es war sehr warm und bequem, es lud ein mit einer Tasse Tee hier zu sitzen und auf die wunderschöne Landschaft von Montana zu schauen. Als sie auf den Flur trat, zögerte Faith fast schon, das Zimmer zu verlassen.

Endlich kam sie zum dritten Raum. Faith blieb der Mund offen stehen. Es war einfach wunderschön. Eine ganze Ecke des Raumes war aus Glas und gab eine einmalige Sicht auf die Berge frei. Der Rest des Zimmers war perfekt, makellos weiß wohin sie auch sah. Ein großes dunkles Bett aus Schmiedeeisen stand an der Wand, bedeckt mit dicken Bettdecken und Federkissen.

„Oh mein Gott", flüsterte sie und trat hinein. Sie stellte ihre Kiste auf den Boden am Bett und bewunderte den glänzenden Metalltisch und den Nachttisch. Es gab zwei Türen Seite an Seite, die praktisch ihren Namen riefen. Sie öffnete eine und fand einen leeren begehbaren Kleiderschrank. Die andere öffnete sich zu einem wunderschönen weißen Badezimmer mit einer übergroßen Klauenfußwanne und einer verglasten schick aussehenden Dusche.

Als sie aus dem Badezimmer zurückkam, fühlte Faith sich völlig überwältigt. Sie war verrückt, obsessiv sauber und ordentlich, aber sie hatte noch nie an einem Ort geschlafen, der sich so ... vollständig anfühlte. Es gab nicht eine Sache in diesem Haus, die erledigt werden musste und dass verwirrte sie. Alles in ihrem Leben war ein Durcheinander und auf keinen Fall sollte sie sich gut bei dem Erlebnis des St. Louis Trips fühlen.

Dann wiederum hatte sie nicht viel Kontrolle gehabt, bei dem, was bis jetzt passiert war. War sie also wirklich schlimm? Tränen bildeten sich in ihren Augen, während sie mit der lächerlichen moralischen Perspektive ihrer Situation rang.

Faith schmiss sich auf das Bett und weigerte sich, über etwas so Dummes wie sich zum ersten Mal entspannt zu fühlen, zu weinen. Ihr Körper zitterte ein paar Minuten, ehe sie sich dem Gefühl des ins-Bett-Sinkens bewusst wurde, die Schwerelosigkeit zog sie weiter runter und runter …

Als Gavin sprach, wachte Faith erschrocken auf. Er saß auf dem Bett neben ihr, seine Knie waren gegen ihre Hüfte gepresst.

„Hatte ich recht mit dem Zimmer?", fragte er.

Faith zwinkerte und schüttelte sich wach. Sie wurde rot und wischte sich den Mund ab, sie hoffte, sie hatte nicht irgendwohin gesabbert, während Gavin zusah.

„Ähm … ja", sagte sie und erinnerte sich an seine Frage. „Ich liebe dieses Zimmer. Es ist perfekt."

„Ich habe bemerkt, dass du es gerne sauber hast", sagte er achselzuckend.

„Was? Wann?", fragte Faith.

„Du hast alles in Sichtweite sauber gemacht von der Sekunde an, in der wir in St. Louis ins Auto gestiegen sind, bis wir zur Lodge gekommen sind. Der Rücksitz meines Autos war noch nie so sorgfältig mit Servietten abgewischt worden. Du hast auch alles in der Flughafen Lounge umgeordnet."

„Hab ich nicht", widersprach Faith.

„Keine Sorge, es ist eigentlich ganz süß", neckte Gavin, Faith wurde noch röter, wenn das überhaupt noch möglich war.

„Es ist eine nervöse Angelegenheit", grummelte sie.

„Du kannst jeder Zeit aus Nervosität meine

Wohnung sauber machen, das ist ein Angebot", witzelte Gavin.

Faith warf ihm einen argwöhnischen Blick zu.

„Du hast wirklich gute Laune", bemerkte sie.

Gavin lachte und klopfte ihr aufs Knie.

„Steh auf. Ich habe Abendessen gemacht", sagte er. Er ging aus dem Zimmer und ließ Faith alleine, damit sie sich frisch machen konnte und ins Hauptzimmer kommen konnte.

Als Faith ein paar Minuten später aus ihrem Zimmer kam, wurde sie mit dem unglaublichsten Duft nach geröstetem Fleisch begrüßt. Ihr Magen knurrte sofort und sie wurde rot bis in die Haarwurzeln. Sie liebte Essen so sehr wie jeder andere, aber weil sie eine ein wenig größere Dame war, war sie immer sehr zurückhaltend bei dem, was sie aß.

„Da bist du ja", sagte Gavin und drehte sich mit einem Zwinkern in seinen Augen vom Herd um. Er war barfuß, trug dunkle, tief hängende Jeans und ein eng anliegendes marineblaues T-Shirt. Er sah frisch geduscht aus nach ihrem Flug, obwohl er sich nicht rasiert hatte. Die Bartstoppeln verbesserten sein typisch amerikanisches gutes Aussehen und ließen Faith überaus bewusst werden, dass sie wahrscheinlich noch zerzaust aussah vom Reisen und vom Schlafen.

„Es riecht toll", sagte Faith und versuchte zu schauen, was er kochte, als sie in die Küche kam.

„Setz dich", sagte Gavin und wies mit einem Metallspatel auf einen Platz an der Granit-Bar der Küche. „Ich bin fast fertig. Warte ein paar Minuten und wir können essen."

Faith gehorchte und setzte sich auf einen der Barstühle.

„Also was hast du gekocht?", fragte sie. „Ich kann

schon von dem Duft sagen, dass es unglaublich sein wird."

„Ich hoffe, du magst Wild", sagte Gavin und ließ ein breites Lächeln blitzen. „Ich habe Wildsteaks gebraten, geröstete Knoblauchzehen, gebratener Spargel und Butternusskürbis."

Faiths Kiefer fiel herunter.

„Ich dachte, du kochst nicht gerne", schaffte sie es zu sagen.

„Das mach ich auch nicht gerne. Gewöhn dich nur nicht daran, verwöhnt zu werden", neckte Gavin und rührte in den Inhalten einer mit Spargel beladenen gusseisernen Pfanne. „Ich dachte nur, es wäre nett, ein gutes Abendessen für unsere erste Nacht hier zu haben. Eine Art … Date."

Er murmelte das letzte fast und konzentrierte sich auf seine Arbeit. Faith war froh, dass er in dem Moment nicht auf sie achtete, weil sie sicher war, dass ihre Röte und ihr völlig schockierter Blick nicht sehr schmeichelhaft waren. Sie räusperte sich und war unsicher, wie sie zu dem Wort *Date* stehen sollte.

Gavin hatte ihr einen riesigen Gefallen getan, sicherlich. Er hatte ihr geholfen, von ihrem Vater und ihren Brüdern wegzukommen, nachdem sie beim Knutschen erwischt worden waren. Er war nur galant… oder?

„Okay, ich glaube, wir sind fertig", sagte Gavin und bemerkte Faiths innerliche Aufregung nicht. „Was willst du trinken? Ich habe eine wirklich gute Flasche roten Zinfandel, wenn das in Ordnung ist."

Faith zögerte. Sie nahm an, dass er Wein meinte, aber sie wusste nichts darüber. Niemand in ihrer Familie trank Alkohol und sie hatte nie mehr als einen Schluck Wein in ihrem Leben getrunken. Sie wollte nicht unhöflich sein, also nickte sie einfach nur.

„Cool. Dann lass uns zum Tisch gehen", sagte Gavin

und nahm zwei Teller mit Essen. „Nimm den Wein und den Flaschenöffner mit ja?"

Faith sprang auf und ging ihm nach, sie nahm die Weinflasche mit und ein merkwürdiges aussehendes Gerät von der Küchentheke. Gavin hatte den Tisch bereits mit den Tellern und Weingläsern gedeckt und sogar zwei silberfarbene, dünne Wachskerzen hingestellt.

„Das ist zu viel", sagte Faith und schüttelte ihren Kopf über Gavin.

„Das gibt es nicht", hielt Gavin dagegen. „Warte, warte lass es uns richtig machen."

Er stellte die zwei Teller auf den Tisch und nahm die Weinflasche und den Flaschenöffner aus Faiths Hand und stellte alles zur Seite. Mit einem Grinsen und leicht gebeugt zog er ihr einen Stuhl hervor.

„Oh …. kay", sagte Faith und wurde unerträglich unbeholfen. „Danke, Gavin."

„Kein Problem. Niemand kann sagen, ich wüsste nicht, wie man sich bei einem ersten Date verhält", sagte er mit humorvoller Stimme. Faiths Magen brannte, weil man dasselbe auf jeden Fall nicht von ihr sagen konnte.

Sie hatte noch nie etwas Annäherndes wie ein Date gehabt. In ihrem Clan gab es viel mehr Frauen als Männer, also traf viele Frauen das Schicksal der alten Jungfern. Die Frauen, die Partner fanden, wurden mit nicht allzu entfernten Verwandten durch einen Alpha Befehl verpartnert. Es gab dabei keine Dates oder Liebeswerben.

„Das sieht toll aus", sagte Faith und zog sich aus ihren Gedanken. „Ich merke gerade, wie hungrig ich bin."

Zu spät, sie zuckte ein wenig innerlich, als sie erkannte, dass ihr erster Kommentar über ihren Appetit war. Wenn ihr Vater und ihre Brüder ihr etwas beigebracht hatten, dann dass ihre Größe nicht unbedingt ihre beste Eigenschaft war und dass Gespräche über Essen unfreundliche Kommentare noch mehr ermutigte.

„Na ja, okay", sagte Gavin nickend. „Wir hatten ja keine richtige Mahlzeit seit dem frittierten Fisch. Und ich kann mich nicht erinnern, dass du da gut gegessen hast."

Demütigung erfüllte Faiths Brust, als sie erkannte, dass Gavin aufmerksam beobachtet hatte, was sie aß. Kein gutes Zeichen. Sie musste aufpassen bei den Mahlzeiten, genauso wie bei ihrem Vater oder Jared.

„Geht's dir gut?", fragte Gavin. Faith machte sich gerade und lächelte ihm zu. Er war wirklich unglaublich und sie sollte aufhören, sich wie ein Teenager zu verhalten.

„Natürlich", sagte sie und griff nach der Schüssel. „Darf ich dir auftun?"

Gavin hob eine Braue, aber nickte ihr leicht zu. Faith gab ihm einen Löwenanteil von allem, sie bediente ihn zuerst und nahm sich dann selbst nur eine kleine Portion. Die Wildsteaks waren riesig und obwohl sie Gavin das ganze Steak gegeben hatte, schnitt sie das zweite so, dass sie nur ein Drittel der riesigen Portion bekam.

„Ich dachte, du hast Hunger!", sagte Gavin und warf ihr einen merkwürdigen Blick zu, während er zusah, wie sie ihren Teller belegte.

„Meine Augen sind normalerweise größer als mein Magen", sagte Faith und stellte die Schüssel wieder auf den Tisch. Sie hatte Gavins skeptischen Blick bemerkt, aber er war zu höflich, um noch mehr zu sagen.

„Okay, dann lass uns essen", sagte er. Er stand auf und nutzte eine Packung Streichhölzer, um die Kerzen anzuzünden, dann entkorkte er den Wein. Er goss ein halbes Glas Wein ein, dann setzte er sich und hob sein Glas.

„Ich denke wir sollten anstoßen. Worauf können wir anstoßen?", fragte er.

Faith dachte eine Sekunde nach, ehe sie antworte.

„Auf einen Neuanfang? Ist das ein Klischee?", fragte sie.

Gavin kicherte, aber schüttelte seinen Kopf.

„Vielleicht ein wenig, aber das ist passend", sagte er. „Okay, dann auf einen Neuanfang."

Sie stießen ihre Gläser aneinander und ein Lächeln breitete sich auf ihren Gesichtern aus. Faith hob das Glas an ihre Lippen und nahm einen Schluck, sie zuckte kurz bei dem bitteren Geschmack der Flüssigkeit. Sie aßen und redeten, das Gespräch wurde immer einfacher, je mehr Zeit verging.

Gavin erzählte Faith von seiner Arbeit beim Kindersozialdienst, über die Herausforderungen und Belohnungen, die er in seiner Arbeit fand. Faith hörte zu und bemerkte, dass sie ein wenig neidisch war, dass er seine Karriere so klar genoss.

„Ich muss die Schule kontaktieren, für die ich gearbeitet habe und ihnen sagen, dass ich nicht wieder zurückkomme", sagte Faith ein paar Momente später.

„Ich glaube Cameron hat ein iPhone und einen Laptop in den nächsten Tagen für dich. Das sollte es einfach machen. Du brauchst hier keine Arbeit, aber wenn du willst, kannst du dich nach einer neuen Position umsehen. Wenn du etwas in Billings findest, würden wir in derselben Gegend arbeiten."

Faith schaute Gavin an und versuchte, seine Bedeutung festzustellen. Er ließ es sich anhören, als wenn sie bereits halb verpartnert wären, als wenn die Dinge klar und offenkundig waren, wenn sie in Wirklichkeit überhaupt nicht so waren.

„Oder was ist mit deinem Buch?", fragte er und führte den Gedanken weiter.

„Mein Buch", wiederholte sie und versuchte ihre Verblüffung zu verstecken.

„Sicherlich. Wenn du an deinem Kinderbuch arbeiten willst, dann ist das vielleicht ein guter Ort zum Beginnen. Es ist gut, eine Arbeit zu haben, die man liebt."

Faith nahm einen großen Schluck Wein, um ihre wachsende Verwirrung zu verstecken. Gavin stand auf und sammelte das Geschirr ein, verweigerte ihre Hilfe und begann die Küche aufzuräumen, dabei summte er die ganze Zeit zufrieden.

„Wie wäre es mit einem Film?", fragte er, als er fertig war.

„Das hört sich gut an", sagte Faith. Es würde ihnen etwas geben, worauf sie sich konzentrieren konnte und es würde Faith Zeit geben, zu überlegen, was ihr nächster Schritt sein könnte. Sie konnte nicht einfach für immer auf Gavins Kosten leben.

Gavin ließ sie den Film auswählen und zeigte ihr die halbe Wand mit DVD's im Wohnzimmer. Von den meisten Filmen hatte sie noch nie etwas gehört, es gab beliebte Dramen und Komödien, dessen Thema Faith viel zu riskant für ihren ersten echten Abend in Gavins Begleitschaft fand.

Schließlich entschied sie sich für *Wall–E* einen Familienfilm über einen süßen einsam aussehenden Roboter. Es war überhaupt nichts, was Faith interessierte, aber es schien unschuldig genug. Der Film war bildlich atemberaubend, aber hatte sehr wenig Dialog und Gavin überraschte sie, in dem er redete und die meiste Zeit Wein trank.

Zu ihrer Überraschung endete der Film wunderschön. Gavin goss ihr jede halbe Stunde noch ein wenig mehr Wein ins Glas. Faith saß zusammengerollt neben

Gavin auf der Couch und war bald angenehm entspannt und glücklich.

Gavin zog eine weiße weiche Steppdecke vom hinteren Teil des Sofas hervor und deckte sie beide damit zu und Faith wurde schon bald dösig. Sie ließ ihr Weinglas stehen und ließ sich auf die Couch sinken, sie lehnte sich näher und näher an Gavin, bis sie sich gegen seine straffe warme Seite gelehnt hatte. Er streckte seinen Arm aus und legte einen Arm um ihre Schultern und wurde stiller, als die Filmhandlung noch intensiver wurde.

Faith starrte Gavin durch ihre Augenlider an, sie wurde rot, als sie erkannte, wie schön er wirklich war und wie schön sich sein Körper an ihren gedrückt anfühlte. Der Wein flüsterte ihr leise zu, ließ sie sich fragen, ob Gavin sie vielleicht wieder küssen wollte und was sie tun konnte, damit er seine Lippen noch einmal auf ihre presste.

Sie würde es nicht herausfinden, denn ihre hinter-hältigen Augenlider begannen zu fallen. Sie schlief schon bald ein, und genoss das warme sichere Nest, das Gavin geschaffen hatte.

KAPITEL 8

*G*avin hielt vor dem Gästehaus an, seine schwerfällige Bärenform machte seine Bewegung etwas weniger anmutig. Er schaute Faiths Bären an, als sie sich mit einem Schnauben zu ihm umdrehte, anscheinend hatte sie sein Fummeln bemerkt. Er konnte das Lachen in ihren Augen sehen, aber es machte ihn glücklicher, als er in seiner aktuellen Form ausdrücken konnte.

In den letzten zehn Tagen war Faith wirklich aufgeblüht. Sie war genauso süß und bemüht zu gefallen, wie er es ursprünglich erwartet hatte, aber sie war auch witzig, interessant und engagiert. Sobald sie sich entspannt und aufgehört hatte, sich gegen das Verwöhnen und die Geschenke von seiner Familie zu wehren, hatte Gavin bemerkt, dass sie genauso bezaubernd und herausfordernd wie wunderschön war.

Er hatte nie mit einer seiner Freundinnen gelebt, keine von ihnen war so ernst für ihn gewesen. Es war eine angenehme Überraschung herauszufinden, dass Faith früh morgens in ihren überaus modernen Pyjama und Bademantel und Latschen Pfannkuchen backend in der Küche zu sehen, sehr reizend war. Obwohl sie die meiste Zeit in ihrer Bärenform verbrachten und herumliefen und fischten und die Umgebung der Lodge entdeckten, war Faith abgesehen vom Frühstück immer ordentlich und konservativ gekleidet.

Gavins Herz hatte sich für sie geöffnet, als er einmal hinter ihr stand, als sie auf dem Sofa saß. Er hatte einen kurzen Blick auf ihren Laptop geworfen und gesehen, nach was sie suchte. „Wie stellt man ein Outfit zusammen". Er nahm an, das war eine recht große Chance für sie, hier an einem fremden Ort, weit weg von ihrer Familie und wo man von ihr erwartete zu reden, handeln und sich auf Arten zu kleiden, die ihr nicht vertraut waren.

Sie hatten dennoch alles perfekt gemeistert. Ihr konservatives, schüchternes Verhalten schmolz jeden Tag mehr dahin und hinterließ eine lebendige, gutherzige Frau die gerne lachte. Er hatte es sogar geschafft, sie mehrmals zu küssen. Sie hatten leidenschaftliche, atemlose Küsse miteinander geteilt, dessen Hitze bei jedem Mal wuchs.

Jetzt hatte Gavin eine Überraschung für Faith, eine, die sie überaus begeistern sollte. Er ging ums Haus, um sich zu verwandeln, und versuchte die Dinge mäßig zu halten, um Faith nicht aus ihrer Komfortzone zu drängen. Gavin grinste.

Wenn sie eine Ahnung hatte, wie verrückt sie ihn machte, dann würde sie bis zu den Wurzeln ihres schönes blonden Haars erröten, bis hin zu ihren neu bemalten rosa Zehennägeln. Gavin stöhnte beinahe, als er seine Jeans anzog und seine aufkommende Erektion anpasste. Er war hart, seitdem Faith in der ersten Nacht auf seinem Schoss eingeschlafen war. Mann, seitdem er das erste Mal seine Lippen auf ihre gepresst hatte, auf dem Steg unter dem glühenden Nachthimmel.

Er schüttelte sich und zog sein T-Shirt an und ging um das Haus. Faith zog gerade ein paar weiße flache Schuhe an, und strich die Falten aus ihrem Kleid aus rosaroter Baumwolle. Das Kleid war dreiviertelarmig und knielang, für die meisten Verhältnisse konservativ, aber Faith hatte zugegeben, dass sie sich nur halb angezogen fühlte, als sie an diesem Morgen früh aufgetaucht war. „Du siehst toll aus", hatte Gavin gesagt und hatte es genossen, wie ihre Wangen rosa wurden.

„Hör auf", drängte sie, aber ihre haselnussbraunen Augen zwinkerten vor Vergnügen.

„Ich muss dir etwas zeigen", sagte Gavin und hielt ihr seine Hand hin, um sie nach draußen zu bringen.

„Ich hoffe, es ist ein Salat. Ich habe wirklich die ganze Woche viel zu viel gegessen", beklagte sie sich.

Gavin warf ihr einen bösen Blick zu. Er wusste, dass sie sehr sensibel war, wenn es um ihren Körper ging, obwohl er nicht verstehen konnte warum. Sie war kein Fliegengewicht, aber sie war atemberaubend. Alles weiche perfekt geformte Kurven, bei denen seine Hände zuckten, weil sie sie entblößen und entdecken wollten. Er war ein großer, muskulöser Mann und er wollte eine Frau, die mit seiner Aufmerksamkeit umgehen konnte. Obwohl er nichts Weiteres versucht hatte außer sie zu küssen, wusste Gavin instinktiv, dass Faith alles nehmen könnte, was er zu geben hatte und noch vieles mehr.

Dennoch gab er sein Bestes, um sicherzugehen, dass er nur Einkäufe machte, die gute, magere Proteine, gesundes Gemüse und minimale Stärken beinhalteten. Das war sowieso seine bevorzugte Ernährung, obwohl er manchmal ein wenig schummelte und eine riesige Schüssel mit Fettuccine Alfredo oder ein Sundae Eis aß. Er plante, Faith das Konzept der „Cheat Days" schon bald beizubringen, sobald er erkannt hatte, dass sie sich entspannte und sich selbst genoß anstatt sich darüber zu sorgen, was andere Menschen über ihre Essgewohnheiten dachten.

„Es ist kein Salat. Das wäre eine schreckliche Überraschung", erwiderte er und schüttelte seinen Kopf. „Komm ich zeig es dir."

Er nahm sie an die Hand und ging mit ihr über den Flur. Er blieb vor der geschlossenen Tür des mittleren Schlafzimmers stehen, dem einzigen freien Raum im Gästehaus. Gavin warf Faith einen schnellen Blick zu.

„Mach die Augen zu", sagte er.

Sie schnitt eine Grimasse, aber hob ihre Hände und bedeckte ihre Augen. Gavin öffnete die Tür und schob sie hinein und drehte ihr Gesicht zum Tisch.

„Okay. Mach die Augen auf", sagte er.

Faith ließ ihre Hände fallen und eine ging sofort zu ihrem Mund, um ihr Keuchen zu verstecken. Gavin hatte die alte Schreibmaschine seiner Mutter auf den Tisch gestellt, zusammen mit einem Stapel frischem, gestärkten Papier und zusätzlichen Bändern. Er hatte noch ein Wörterbuch dazu gelegt, einen Thesaurus und eine Kopie von *The Elements of Style*.

„Da ist noch mehr", sagte er und zeigte auf den Platz am Fenster. Dort hatte er zwei kleine Staffeleien und mehrere Paletten und ein Dutzend verschiedener Pinsel sowie eine Auswahl an Acryl- und Wasserfarben bereitgestellt. Ein Stapel leerer Leinwände lehnte am Fensterplatz und war bereit für Faiths Inspirationen.

Schlussendlich gab es noch eine Handvoll hastiger Skizzen und geschriebene Notizen auf Servietten und Notizblöcken, Dinge, die Gavin in den letzten Tagen im Haus gefunden hatte. Ob sie es sich bewusst war oder nicht Faith schien kreative Befreiung in jeglicher Form zu brauchen.

„Gavin ...", sagte Faith und ihre Stimmung zitterte. „Das ist einfach ..."

„Sag nicht, dass das zu viel ist. Das hast du in letzter Zeit häufig gesagt", sagte Gavin.

Faith drehte sich um, um ihn anzusehen, Tränen sammelten sich in ihren Augen und ließen sie leuchtend grüne Flecken mit Kupfer bilden. Gavin bewunderte den stolzen Bogen ihrer Nase, die üppige Fülle ihrer weichen pinken Lippen und die anmutige Kurve ihrer Schultern, als sie ihn anstarrte.

„Du machst mich fertig", sagte sie, das Lächeln auf ihren Lippen drohte mit den Tränen die ihre Wange herunterzulaufen zusammenzustoßen.

„Das ist die Idee", stimmte Gavin an. „Ich will, dass du hier bei mir bleibst."

Eine Falte bildete sich auf Faiths Stirn.

„Aber warum? Du hast all das getan und mich vor meinem Vater gerettet ... Was könnte ich dir schon bieten?", fragte sie und sprach ihre Ängste aus.

„Ich fühle mich dir jeden Tag mehr verbunden, Faith", sagte Gavin und wählte seine Worte sorgfältig. „Ich glaube, du bist stark und lustig und wunderschön. Ich möchte ... ich möchte mit dir zusammen sein. Ich will dich umwerben, wenn du willst."

Faiths Lippen spannten sich leicht, und sagten Gavin, dass die Antwort richtig gewesen war.

„Ich kann nicht nur von dir leben. Ich werde keine Frau sein, die sich aushalten lässt. Wie soll das besser sein, als mit meinem Vater zu leben?", fragte sie.

Gavin holte tief Luft. Er wusste, sie wollte nicht grausam sein, aber ihre Worte taten ihm weh.

„Ich will dir nur helfen, Faith. Du kannst natürlich tun und lassen, was du willst", sagte er und spürte wie seine Haltung sich ein wenig versteifte. Faith schaute ihn lange an, ehe sie weich wurde und nachgab.

„Natürlich", sagte sie und drehte sich zur Schreibmaschine. „Ich bin dir dankbar Gavin, wirklich. Ich will nur nicht zu vorschnell irgendwelche großen Entscheidungen treffen, verstehst du? Wir kennen uns immer noch kaum. Wie kann ich sicher sein, dass wir zueinander passen?"

Gavin kam näher und legte einen Arm um ihre Taille und zog sie an seinen Körper. Er lehnte sich herunter und streifte mit seinen Lippen die ihren, er schmeckte das brennende Verlangen, das zwischen ihnen loderte. Er hielt den Kuss, kurz, leicht und süß, obwohl er ihn so gerne vertiefen wollte, und sie vor Verlangen seufzen hören wollte. Stattdessen brach er den Kuss ab und trat zurück und warf ihr ein zurückhaltendes Lächeln zu.

„Willst du später noch ein bisschen was erleben?", fragte er. „Es gibt hier einen geheimen Ort ein paar Meilen von hier, den ich dir noch nicht gezeigt habe."

„Du hast mich hingehalten, hm?", fragte Faith und ihre Stimme war ein wenig atemlos.

„Ich habe nur auf den richtigen Zeitpunkt gewartet. Ich muss noch ein wenig arbeiten am Nachmittag, aber vielleicht können wir nach dem Abendessen gehen. Wenn du mutig genug bist."

Faith belohnte ihn mit einem umwerfenden Lächeln.

„Ich glaube, das schaff ich noch", sagte sie.

„Gut. Ich lasse dich dann mal in Ruhe", sagte er und drehte sie wieder zum Fensterplatz und den weißen Leinwänden. Sie seufzte glücklich und Gavin wusste, dass er dieses Mal das richtige gesagt hatte.

KAPITEL 9

*N*ach einem weiteren selbstgemachten Abendessen, dank Faiths unglaublichen Fähigkeiten in der Küche, nahm Gavin sie mit nach draußen und sagte ihr, sich in ihre Bärenform zu verwandeln. Er ging ums Haus herum und versuchte nicht zu grinsen, während er sich auszog und verwandelte. Ihre Bescheidenheit war liebenswert, aber er plante, davon ein wenig heute Nacht wegzunehmen.

Er führte sie nach Nordosten, weg vom Gäste- und Haupthaus und durch eine leicht bewaldete Gegend. Der Weg war ihm bekannt, das Ziel eins, das er mit seinen Brüdern vor mehr als zwei Jahrzehnten entdeckt hatte. Der Weg stieg schrittweise an und wurde steiniger unter ihren Füßen, bis die Bäume und die Büsche verschwanden. Die Baumgrenze endete plötzlich und der Pfad stieg auf eine felsige Stelle inmitten einer kleinen Lichtung.

Gavin hielt oben am Weg an und wartete darauf, dass Faith an seine Seite kam. Als sie neben ihm zum Stehen kam, schauten sie beide auf die Lichtung. Der

Felsen glättete sich knapp unter ihnen und zeigte ein sanft dampfendes Wasserbecken. Das Becken hatte offensichtlich keine Quelle, nur einen runden Rand. Es war nur brusthoch am tiefsten Punkt, genau richtig, um die Ellbogen an den Rand zu stützen, während man badete und das war ein lang gepflegtes Geheimnis zwischen Gavin und seinen Brüdern. Sie nannten es spaßeshalber ihren Whirlpool, da es immer das ganze Jahr schön heiß blieb.

Gavin spürte Faiths neugierigen Blick. Er hatte das bereits in Gedanken geplant, wissend, dass, wenn er die Dinge weiter mit der schüchternen, unschuldigen Faith treiben wollte, er sich den Weg dorthin ebnen musste. Es würde ein wenig Mut von seiner Seite aus brauchen und viel von ihrer, aber er war sich sicher, dass die Belohnungen hoch sein würden.

Er ging zu dem Punkt, an dem sich der Boden abflachte, und stellte sich auf seine Hinterbeine. Er ging langsam in Richtung Teich und gab Faith eine ganze Minute, um seine Absicht zu verstehen … und um seinen nackten Körper zu beäugen. Er war nicht so eingebildet wie Wyatt, aber Gavin hatte hart daran gearbeitet, seinen Körper in guter körperlicher Verfassung zu halten und er wusste, sein nackter Hintern sah gut aus. Er hoffte nur, dass Faith das genauso sah.

Er glitt so anmutig wie möglich in den Teich und tauchte unter, ehe er Faith wieder ansah. Sie war ein paar Schritte näher bekommen und sah ihm mit wachsamen Augen zu.

„Ich werde mich umdrehen und dich verwandeln lassen. Es ist schön und tief hier drin, du musst mir also nichts zeigen, was du nicht willst", sagte er.

Er beobachtete Faith und hielt seinen Atem an. Nach einer halben Minute nickte sie. Sie kam schon fast zögernd nach vorne, brachte ihn ein wenig zum

Lächeln, während er sich umdrehte und zur anderen Seite des Wassers ging. Er gab ihr Raum und ließ sie die Dinge langsam machen.

Nach einer gequälten Minute des Wartens spürte und hörte er, wie sie mit einem Seufzen in den Teich glitt.

„Du kannst dich umdrehen", sagte sie. Als er sich umdrehte, sah er, dass sie ihm ein verführerisches Lächeln zuwarf.

„Ich bin nur ein Gentleman", sagte er mit einem Grinsen und einem Achselzucken.

„Mmmhh. Das werde ich beurteilen", sagte sie mit scharfer Zunge.

„Na ja so sehr Gentleman, wie ich aushalten kann. Du verführst mich mehr, als fair ist", witzelte er.

„Ich? Ich bin mir nicht sicher, wie das sein kann. Ich bin immer von Kopf bis Fuß bedeckt!", protestierte sie.

„Nacktheit ist nicht die einzige Art von Verlockung, Faith."

Sie zögerte, schloss ihre Augen und tauchte ins Wasser. Gavin schaute zu, wie sie wieder aufstieg, das heiße Wasser strömte an ihrem blonden Haar herunter, Dampf stieg von der nackten Haut ihrer Arme und Schultern auf.

„Ich bin überrascht, dass es so warm ist", sagte sie und sah angenehm gerötet aus.

„Es ist ein geheimes Juwel. Ich glaube nicht einmal, dass meine Eltern davon wissen", sagte Gavin.

Faith biss sich auf ihre Lippe und schien wie angewurzelt an ihrer Stelle zu stehen.

„Faith", sagte er. Sie schaute zu ihm hoch und fühlte sich sichtlich unwohl. „Du kannst dich entspannen. Es wird nichts passieren, was du nicht willst."

„Ich … ich weiß ich hab das nicht gesagt, aber ich hebe mir meine Jungfräulichkeit für meinen Mann auf", platzte sie heraus und ihr Gesicht wurde rot. „Es wäre einfach … du weißt schon … sich hinreißen zu lassen."

Sie konnte nicht mal in seine Augen sehen, als sie das sagte.

Gavin nickte und unterdrückte seine Belustigung.

„Was, wenn ich dir verspreche, dass wir das heute auf keinen Fall tun werden?", fragte er.

Faith warf ihm einen argwöhnischen Blick zu.

„Wirklich?", fragte sie und neigte ihren Kopf. Gavin konnte nicht anders, als zu lachen, er schüttelte seinen Kopf.

„Dafür, dass dein Name „Glaube" bedeutet, hast du ziemlich wenig davon. Ich sage dir jetzt, dass du hier mit deiner intakten Jungfräulichkeit rausgehen wirst. Ich würde nie etwas von dir verlangen, was du mir nicht freiwillig geben willst."

Sie sah ein wenig peinlich berührt aus.

„Ich wollte dich nicht beleidigen. Es ist nur … Ich weiß, dass du … Wünsche hast", sagte sie.

„Dieselben wie du, ja. Ich will dich küssen und dich berühren. Ich will das unbedingt."

Gavin genoß den kleinen Schauer, den seine Worte bei ihr erzeugten. „Aber wir können uns auch gegenseitig genießen, ohne etwas zu Drastisches zu machen."

Ihr Blick wanderte zu seinem, Neugier brannte in ihren Augen.

„Können wir?"

Gavin nickte und stützte sich mit seinen Ellenbogen am Rand des Wasserbeckens ab.

„Es gibt viele Dinge, die wir tun können, Faith. Tatsächlich glaube ich, du solltest vielleicht die Initiative übernehmen. Wenn du hier herkommst und mich küsst, dann verspreche ich dir, mich nicht einmal zu bewegen, außer du lässt mich."

Faiths Augen wurden groß, Ihre Zähne knabberten besorgt an ihrer Unterlippe.

„Versprichst du es? Du wirst einfach stillstehen?"

„Komm her und find es heraus", forderte er sie heraus.

Faiths Augen wurden groß,

Faith warf ihm einen nachdenklichen Blick zu, als sie zu ihm hinüberging, sie hielt nur ein paar Meter vor ihm an. Sie schwankte, dann sah sie nervös aus.

„Ich weiß nicht, was ich tun soll", gab sie zu.

„Vielleicht kannst du mich küssen. Das hat dir doch gefallen", schlug er vor.

Faith kam näher, ihr Arm streifte seinen. Gavin bewegte keinen Muskel, seine Füße standen fest auf dem Grund des Teichs, seine Arme lagen auf dem Steinrand. Sie streckte eine Hand aus und legte sie auf seine Brust, kam näher und näher. Ihre Berührung brannte auf seiner Haut und machte ihm Lust auf mehr, aber er wollte nicht nachgeben. Irgendjemand musste Faith zeigen, dass sie darauf vertrauen konnte, dass andere ihr Wort hielten und Gavin wollte diese Person für sie sein.

Sie schaute zu ihm und schätzte seine Entschlossenheit. Gavin schloss seine Augen und wartete. Als er ihren süßen Atem an seinen Lippen spürte, stöhnte er fast laut. Dieses Experiment war eine Qual für ihn, wie es für sie eine echte Aufgabe war.

Mit einem sanften Streifen fanden ihre Lippen endlich seine. Sie seufzte in seinem Mund, als er seine Lippen auf ihre drückte und er hielt sich genug zurück, um ihre Berührung nur anzunehmen. Faith lehnte sich hinüber, ihr Arm glitt um seinen Nacken, während ihr Mund sich öffnete und die weiche Spitze ihrer Zunge seine suchte.

Gavin schmeckte sie, neckte sie, seine Lippen arbeiteten in langsamen Bewegungen, gingen die Dinge leicht und langsam an. Sie fuhr mit ihren Fingern in die Haare am Ende seines Nackens, lehnte sich zu ihm, bis ihre Brüste gegen seine Brust streiften, sie fühlten sich glatt und straff unter dem Wasser an. Seine Finger zuckten, bebten vor dem Bedürfnis sie anzufassen, er wollte unbedingt wissen, wie sich ihre Haut anfühlte.

Faith tauchte ihre freie Hand ins Wasser und fuhr mit ihren Fingern über seinen Arm, sie fuhr die Muskeln an seinen Schultern nach und an seinem Rücken. Als ihre Berührung nach unten ging, um seinen Brustmuskel zu entdecken, zuckte sein Muskel unter ihren Fingerspitzen und ließ sie innehalten.

Sie zog sich zurück und schaute ihn an, und verstand sein Unbehagen sofort.

„Fass mich an, Gavin", sagte sie und ihre Stimme klang rau in der heißen Abendluft.

Dennoch riss er sich zusammen, seine Hände zitterten leicht, als er nach ihr griff. Er legte seine Hände an ihre Taille und seine Finger kneteten an ihrer seidenartigen Haut. Faith lehnte sich nach vorne und küsste ihn wieder, diesmal inniger. Ihre Atemzüge wurden schwerer, während ihre Zungen tanzten und arbeiteten.

Gavin fuhr die weichen Kurven ihrer Hüfte, ihrer Rippen und ihres Unterrückens nach. Faith drängte ihn weiter, ihre Knie und Schenkel berührten seine. Sie schlängelte sich nach vorne, nur um mit einem Quietschen anzuhalten, als die steife Länge von Gavins Schwanz an ihren Bauch stieß.

„Oh! Du bist ..." Sie biss sich auf die Lippe und sah aus, als wenn sie sich ihm entziehen wollte.

„Hart für dich? Ja", sagte er ihr. „Aber wir haben immer noch unsere Regeln. Du kannst mich berühren, wenn du willst. Ich werde mich nicht bewegen."

Faith neigte ihren Kopf und dachte nach. Sie knetete

ihre Unterlippe, etwas was Gavin unbedingt für sie tun wollte, sie ließ ihre Hand an seiner Seite heruntergleiten und berührte die straffen Muskeln seiner Hüfte. Ihre Finger fanden den flachen Bauch und den Anfang seiner Schenkel.

Als sie endlich seine Männlichkeit anfasste, stieß Gavin einen Atemstoß aus. Faith beobachtete ihn sorgfältig, ihre Fingerspitzen fuhren an seiner Länge hoch und runter. Ihre Hand schloss sich um ihn und entdeckte ihn mit einem sanften Streicheln und sein Kopf neigte sich mit geschlossenen Augen zurück.

„Gut?", fragte Faith und fuhr ihre sanfte Quälerei fort.

„So gut", atmete Gavin. Seine Hände ballten sich in Fäuste, seine Nägel krallten sich in seine Handfläche, während er darum kämpfte, nicht in ihre Berührung zu stoßen.

„Mehr?"

„Gott, ja. Mach härter. Du wirst mich nicht verletzen", seufzte er.

Sie verstärkte ihren Griff und die heiße, glitschige Flüssigkeit in ihrer Hand drohte bereits, ihn zu entmannen.

„Willst du es mir zeigen?", fragte sie. Gavin hob seinen Kopf, um sie anzusehen, ihre angeborene Sexualität kämpfte mit ihrer völligen Unschuld und für einen Moment war er zutiefst versucht, ihr genau zu zeigen, was ihm gefiel. Ihr zu zeigen, wie sie ihn anfassen sollte, wie sie seinen Schwanz bearbeiten sollte, wie es ihm gefiel, wie sie ihren Daumen nutzen konnte, um die sensible Stelle direkt unter der Spitze zu necken. Er wollte sie aus dem Wasser ziehen und ihr zeigen, wie sie ihn schmecken konnte …

„Später", zischte er und griff nach ihrer Hand, ehe die Dinge außer Kontrolle gerieten. „Ich werde dir eher zeigen, wie ich dich berühren kann, sodass du dich gut fühlst."

Begehren flammte in Faiths Augen auf und Gavin griff nach ihr.

„Komm her", sagte er. „Lass mich dich halten."

Er zog sie nahe und drehte sich, sodass ihr Rücken gegen den Rand des Teichs gepresst war. Er küsste sie innig, fuhr mit seinen Händen von ihrer Taille über ihre Rippen und wartete, bis ihr Atem schwerer wurde, ehe er seine Hände auf die Fülle ihrer Brüste legte.

Faith antwortete sofort und stöhnte leise, während sie sich bei seiner Berührung durchbog.

„Mir gefällt das Geräusch, das du machst, Faith", ermutigte er sie. „Es ist so sexy. Stöhne für mich Faith."

Er streifte mit seinem Daumen über ihre Nippel und kam noch näher an sie heran, bis seine Erektion sich an ihren Bauch presste. Sie stöhnte erneut, ihre Augen schlossen sich, ihre Zunge stieß heraus, um ihre Lippen zu befeuchten. Er streifte mit seinen Lippen über ihren Nacken, ihrem Schlüsselbein und heizte sie noch mehr an.

Gavin nahm ihren Mund, nippte an ihrer Unterlippe und genoss die zufriedenen Laute, die ihr entwichen. Er hob sie an der Hüfte hoch und setzte sie an den Rand des Teichs. Ehe sie noch quietschen oder ihre Nacktheit bedecken konnte, hob Gavin eine Brust und setzte heiße Küsse auf den rosa Ring ihrer Nippel.

„Oh!", keuchte sie und ihre Fingernägel kratzten über seine Schultern.

Sein sehr männliches Glucksen war mehr, als sie aushalten konnte.

Gavin nahm den dicken rosa Nippel in seinen Mund und saugte daran. Faiths Knie teilten sich, als sie ihn näher zwischen ihre Schenkel zog. Gavin drückte sich an sie, während er sie befriedigte, saugte und an ihr knabberte und drückte, bis sie sich gegen seinen Schwanz presste.

Er glitt mit einer Hand zu ihren Schenkeln, sein Daumen fuhr an der weichen Seite entlang. Er lenkte seine Aufmerksamkeit auf ihre andere Brust und nutzte seine Fingerspitzen, um ihren Bauchnabel zu necken, ihren Bauch und den Anfang ihres Eingangs.

Als er seine Finger über ihre feuchten Locken streifen ließ, stöhnte Faith laut. Aus Überraschung oder Lust, er wusste es nicht. Gavin zögerte nicht, er ließ ihre Brüste los und gab ihr einen harten fordernden Kuss. Er durchdrang ihre Locken mit einer einzelnen Fingerspitze und fuhr die Hitze ihrer Spalte nach, er seufzte beinahe bei dem Beweis ihrer Erregung.

„Gavin", sagte sie neckend.

„Entspann dich für mich. Ich werde dich nur anfassen", versprach er. „Nichts weiter."

Er glitt mit seiner Fingerspitze zu ihrer Klit, und lächelte, als ihr Atem in Stößen kam. Er wechselte, um seinen Daumen zu nutzen, und ließ ihn in langsamen Kreisen über ihre Klit kreisen.

„Nur so, das ist alles", sagte er.

„Küsst du mich?", fragte Faith und stöhnte eher dabei, als die Worte auszusprechen.

Er eroberte ihren Mund, seine Zunge tanzte mit ihrer, während er den Druck und das Tempo seiner Berührung erhöhte. Faith rollte ihre Hüften mit langsamen Bewegungen in seine Richtung. Er hielt ihre Brüste mit seiner freien Hand fest und rollte ihre Nippel zwischen seinen Fingerspitzen.

„Gavin! Oh!", flüsterte Faith und wurde von der Lust getragen.

„Willst du mehr?", fragte er und arbeitete mit seinem Daumen an ihrer Klit.

„Nein! Oh! Ich will −" Faiths Stimme wurde hoch, ihr Keuchen war laut in der nächtlichen Stille zu hören.

„Gavin, ich −"

Ihre Hüfte zuckte einmal, zweimal und Faith schauderte bei seiner Berührung. Sie vergrub ihr Gesicht in seinem Nacken und schrie ihre Erleichterung heraus, ihre Fingernägel bohrten sich in seine Schultern, während sie auf der Welle ihres Orgasmus ritt.

Nach einer Weile wurde sie ruhiger, und keuchte atemlos. Gavin ließ seine Hand von ihr ab und zog sie nahe an sich, sodass er sie ganz umarmen konnte. Sie fühlte sich gut in seinen Armen an, weich und anschmiegsam und zufrieden. Gavin verfluchte seine zügellose, fordernde Erektion die sich zwischen sie drückte und sich mehr als bemerkbar machte.

„Oh Gott", sagte Faith nach einer ganzen Minute, ihre Lippen bewegten sich an seinem Hals. „Ich − ich wusste nicht, dass das passiert."

Gavin lachte tatsächlich, ein wenig Bedürfnis und Spannung entwich seinem Körper.

„Es passiert. Oft, wenn du Glück hast", neckte er sie.

Faith hob ihren Kopf, um ihn anzuschauen.

„Passiert das bei dir auch so?", fragte sie und sah besorgt aus.

Gavin zuckte nur und versuchte lässig auszusehen.

„Es kann", sagte er und das war alles, was er zugab.

Faith biss sich auf ihre Lippe, Hitze kroch auf ihre Wangen, ehe sie wieder sprach.

„Kannst du − würdest du" Sie hielt inne und schien verlegen.

Gavin lehnte sich zu ihr und küsste sie, eine Erinnerung an ihre neugefundene Intimität.

„Frag mich, Faith."

„Würdest du mir zeigen wie ähm ...", weiter kam sie nicht.

„Wie ich mich selbst anfasse?"", schlug er vor.

„Ja", flüsterte sie mit weiten Augen. Sie leckte über ihre Lippen und bewegte sich auf ihrem Platz. Die kleine Bewegung ließ Gavin sich fragen, ob der Gedanke wie er seinen Schwanz streichelte, Faith anmachte. Ihre harten Nippel und ihr scheuer Blick ließen ihn glauben, dass der Gedanke eine Überlegung wert war.

„Willst du wieder zurück ins Wasser gehen?"", fragte er und bemerkte die Gänsehaut, die sich über ihrem Körper ausbreitete. Sie nickte und glitt vom Rand.

Gavin drehte sich und setzte sich auf den Rand. Er nahm dieselbe Position ein, die sie verlassen hatte. Seine Erektion stand stolz hervor und Faith wurde so rot wie eine reife Tomate, als ihr Blick sich dort festhing.

Gavin griff nach unten und kreiste mit seiner Hand um die Basis seines Schwanzes, er drückte hart, während er sich mit erfahrenen Berührungen selbst anfasste. Er spreizte seine Schenkel ein wenig, lehnte sich ein wenig zurück und gab Faith die volle Show.

Er pumpte seine Faust ein paar Mal hoch und runter, dann stöhnte er die aufgebaute Anspannung heraus.

„Gott, das fühlt sich gut an", sagte er zu Faith, die ihn beobachtete „Ich werde nicht lange aushalten. Du hast mich zu heiß gemacht, Faith."

„I-ich?"", stotterte sie und ihr Blick heftete sich auf seine Faust, die langsamen an seiner tropfenden Länge hoch und runter glitt.

„Oh ja. Die ganze Zeit als ich dich angefasst habe, habe ich darüber nachgedacht, was ich mit dir machen will.

„Oh", keuchte Faith. „Wie … wie was?"

Gavin zog eine Augenbraue vor Überraschung hoch. Faith wollte ein wenig Dirty Talk, oder? Was für eine Überraschung entpuppte sich da?

„Ich wollte dich schmecken, wo ich dich angefasst habe", sagte er. „Ich wollte meine Zunge nutzen, um dich zum Orgasmus zu bringen. Ich wollte auch meine Finger nutzen."

„Mmmh", murmelte Faith und ihre Stirn runzelte sich. Wahrscheinlich nicht die Antwort, die sie haben wollte, aber Gavin hatte ihr versprochen, dass er sie nicht heute Abend nehmen würde. Daher würde er das Thema nicht zur Sprache bringen.

Er wirbelte den Daumen um die schwere Krone seines Schwanzes und holte tief Luft. Der Gedanken verflüchtigte sich, während er Faith anschaute und seinen Schwanz streichelte, er dachte daran, wie sehr er sie wollte, er wollte die Enge ihrer Wände, um seine Länge spüren, wenn sie kam, zitternd und pulsierend und schreiend. Seine Bälle spannten sich an, seine Schenkel und seine Bauchmuskeln spannten sich, sein Körper bettelte um Erlösung. Die langsam brennende Lava der Lust brannte beharrlich und unaufhörlich durch seine Venen.

„Ah", stöhnte er. „Ich komme. Ich kann es nicht aufhalten."

„Oh", sagte Faith und ihre Wörter waren ein halbes Stöhnen.

Ein verdammter Ausbruch, Feuer durchfuhr ihn und breitete sich von seinem Schwanz abwärts aus. Gavin pumpte hart mit seiner Faust, fühlte das Zucken und Pulsieren seines Schwanzes, als dicke Samenstrahlen aus der Spitze spritzten.

„Ah!", schrie er und zuckte bei der Kraft darin. Sein Orgasmus dauerte lange oder war so kurz wie ein Augenzwinkern, er war sich nicht sicher, was von beidem.

Als er sich entspannte und seine Augen öffnete, war er überrascht Faith nur ein paar Zentimeter von ihm entfernt zu finden. Sie drehte ihr Gesicht und suchte seinen Kuss. Wenn er gedacht hatte, dass sie von seinem Schauspiel abgeschreckt war, hatte er falsch gelegen. Sie küsste ihn hart, die Finger vergruben sich in seinem Haar, ihr Körper presste sich gegen seinen.

Er genoss es einen langen Moment und wünschte sich, er könnte mehr haben. Mehr als das, mehr von ihr. Je mehr er sah, umso härter und größer brannte sein Begehren nach ihr. Aber ein Versprechen war ein Versprechen und wenn er mehr von Faith wollte, müsste er ihr auch mehr geben.

Eine andere Art von Versprechen, eins das von Ewigkeit und von verbundenen Seelen handelte.

Gavin ließ Faith zögernd lös und drückte sich vom Rand weg und ging wieder ins Wasser. Selbst wenn er diese Worte zu Faith sagen wollte, sie würden heute Abend wenig bedeuten. Es war zu einfach, nach einer kleinen Dosis Leidenschaft über Ewigkeit zu sprechen und Faith war sicherlich schlau genug, so viel zu wissen.

Außerdem war Gavin sich nicht sicher, ob er für diese Art Versprechen bereit war. Im Moment konnte ihm das reichen … das hoffte er.

„Lass uns uns ein wenig aufwärmen, hm?", fragte er und griff Faith an der Taille. Ihre Augen wurden groß, als sie seine Absicht erkannte, ein halbes Quietschen entglitt ihren Lippen, ehe Gavin kippte und sie beide unter das warme Wasser zog.

Das Geräusch von Gelächter und Geplätscher hallte laut durch die stille Nacht, aber kein einziges Wort wurde zwischen ihnen getauscht.

*Z*ehn
Früh am Morgen hörte Faith ein sanftes elektronisches Zwitschern. Einmal, zweimal. Beim dritten Mal erkannte sie was es war und sprang aus dem Bett und suchte nach ihrem neuen iPhone, das Genny ihr netterweise vor ein paar Tagen gebracht hatte.

Sie griff danach und starrte die Handynummer auf dem Display an. Eine Illinois Vorwahl, obwohl sie den Rest der Nummer nicht erkannte. Sie drückte den grünen Annahmeknopf und legte das Handy ans Ohr und zuckte zusammen. Sie erwartete ihren Bruder .

„Hallo?", fragte sie und hörte, wie ihre Stimme zitterte.

„Faith?", fragte eine flüsternde Frauenstimme.

„Shannon?", fragte Faith und Erleichterung überkam sie. Shannon war zwei Jahre jünger als Faith. Sie und Faith konnten glatt als Zwillinge durchgehen, wenn Shans Haar ein wenig blonder wäre.

„Hi. Ich kann nicht lange reden. Ich bin zur Tank-

stelle gegangen und habe mir das Handy des Ange-
stellten geliehen."

„Du bist vier Kilometer gelaufen?", fragte Faith
überrascht.

„Ich habe deinen Brief von Miss Ruth bekommen",
sagte Shannon. „Ich habe die Post überprüft, jetzt wo du
… weg bist."

„Gott sei Dank hast du den Brief bekommen", sagte
Faith. „Ich bin ein Risiko eingegangen."

„Auf jeden Fall", murmelte Shannon. Sie hielt inne
und holte tief Luft. „Faith, du hast ein großes Problem.
Wo bist du?"

„Ich − Bitte sei nicht böse, Shan, aber das kann ich
dir nicht sagen."

„Als wenn ich es mir nicht denken könnte. Du bist
mit den Berans gegangen. Du bist immer noch bei ihnen
oder?"

Faith hielt inne, dann nahm sie an, dass es sich nicht
lohnte, ihre einzige Verbündete anzulügen.

„Ja."

„Behandeln sie dich gut?", fragte Shannon.

„Natürlich. Sie sind … es ist wirklich schön hier,
Shan."

„Das glaube ich", Faith konnte die Bitterkeit in dem
Ton ihrer Schwester nicht überhören.

„Du solltest auch hierher kommen", sagte Faith. Sie
überlegte nicht einmal, ehe die Worte aus ihrem Mund
kamen, obwohl es gar nicht in ihrer Macht stand, so ein
Angebot zu machen. Wenn Shannon es wirklich
annahm, würde Faith einen Ort finden müssen, wo sie
beide hingehen könnten.

„Ja, klar. Ich werde bereits für das hier bestraft. Wie
lange muss ich dafür wohl knien, was glaubst du?",
fragte Shannon und bezog sich auf die bevorzugte Form
der Quälerei für Regelverstöße ihres Bruders. Der, der

sich nicht an die Regeln gehalten hatte, musste auf dem harten Holzboden knien, jedes nackte Knie auf einem Stapel ungekochtem Reis. In der ersten Stunde konnte man die harten Körner nicht fühlen, die in die Haut schnitten. Nach drei Stunden war es überaus schmerzvoll.

„Oh, Shan ..."

„Nimmst du den Mann als Partner?", unterbrach Shannon. So war sie, immer unterbrach sie, wenn sie über etwas Bestimmtes nicht reden wollte. Eine Gewohnheit, die nicht mal Jared hatte brechen können.

„Ich − ich weiß es nicht, Shan", seufzte Faith.

Shannon war eine Weile ruhig, ehe sie wieder sprach.

„Ich hoffe, du findest einen Partner, Faith. Ich wünschte, ich könnte bei der Zeremonie dabei sein."

„Wir können da sicher was arrangieren, da bin ich sicher", versuchte Faith Shannon zu ermutigen. Shannon lachte nur leise und hart.

„Ja klar. Du kannst genauso wenig nach Hause kommen, wie ich auf den Mond fliegen kann", sagte Shan. „Wenn Jared oder Papa herausfinden, dass ich das getan habe, dann verlasse ich das Haus nie wieder."

„Wir können immer noch zusammen weglaufen. Wir könnten vielleicht Tante Ada finden."

„Du bist noch verrückter, als ich dachte. Wenn Tante Ada noch Gehirn hat, dann ist sie um die halbe Welt geflohen, als sie aus dem Clan verstoßen wurde. Ich dachte immer, Daddy würde ihr geheime Jäger hinterherschicken und sie töten."

„Ich glaube nicht. Frau Beran hilft mir, sie zu finden. Ich habe schon ein paar Spuren."

Shannon war wieder ruhig, dann seufzte sie schwer.

„Jared zwingt mich dazu, den alten Anders als Partner zu nehmen."

„Oh Shan …"

„Immerhin ist er nicht so gemein wie Jared. Ich freue mich irgendwie schon drauf. Ich werde endlich nicht mehr Zuhause sein."

Faith biss sich auf die Zunge, Tränen bildeten sich in ihren Augen.

„Wenn es das ist, was du willst", sagte Faith.

„Ich werde immer irgendeinem Mann gehören", grübelte Shan. „Ich glaube, es ist egal, wem."

„Das stimmt nicht!", sagte Faith.

„Na ja für dich vielleicht. Glaubst du, den Mann als Partner zu nehmen, ist anders? Glaubst du nicht, du gehörst ihm, nachdem du die Wörter gesagt hast?"

„Ich − Ich weiß … Ich weiß nicht, Shan."

„Hör mal, ich muss aufhören. Ich bin mir nicht sicher, ob ich wieder anrufen kann, Faith."

„Ich will nicht, dass du Ärger bekommst", flüsterte Faith und versuchte, ihre Stimme vom Zittern abzubringen.

„Komm nicht nach Hause, Faith. Versprich mir das", sagte Shan.

„Ich verspreche es", schluckte Faith und eine einzelne Träne rollte ihre Wange herunter.

„Okay. Pass auf dich auf."

Die Leitung war tot. Faith starrte auf das Handy, ein Schluchzen entwich ihrer Kehle. Tränen begannen zu laufen und sie legte das Handy mit zitternder Hand weg. Das waren wahrscheinlich die letzten Wörter, die sie jemals mit irgendjemandem in ihrer Familie gesprochen hatte.

Sie erschrak, als das Handy wieder klingelte. Vielleicht rief Shannon zurück. Vielleicht hatte sie ihre Meinung geändert!

„Hallo?", fragte Faith. Es kam nicht sofort eine Antwort. „Hallo? Shan, bist du das?"

„Ich hab dich", war die gefauchte Antwort. Die Leitung war wieder tot, aber es gab keinen Zweifel bei dem Anrufer. Es war Jared, ohne Zweifel.

Faith krabbelte vom Bett und schaffte es gerade noch zum Mülleimer neben ihrem Bett, ehe sie ihren Mageninhalt entleerte. Sie brach wieder und wieder, Angst füllte ihre Venen mit Eiseskälte. Als sie fertig war, setzte sie sich hin und wischte sich mit zitternder Hand über den Mund.

Sie war eine tote Frau.

$\mathcal{F}$aith schlurfte zwei Tage später immer noch, als sie sich für das Abendessen fertigmachte. Genny hatte darauf bestanden, dass sie heute zum Abendessen zum Haupthaus kamen. Obwohl Faith direkt zu Gavin gelaufen war, nach der Drohung ihres Bruders und in seinen Armen geweint hatte, während sie ihre Angst zugab, hatte sie nicht zugelassen, dass Gavin ihre Pläne änderte. Sie wollte nicht unhöflich bei Genny Beran sein, die mit Faiths Aufnahme bei sich zu Hause weit über ihre Grenzen hinaus gegangen war.

Faith räusperte sich und starrte sich im Spiegel an. In einem kleinen Akt der Abwehr ihrem Bruder gegenüber, hatte sie ein ärmelloses, knielanges Kleid in weichem seidigem Rot gewählt. Sie trug Perlenohrringe, ein überraschend fürsorgliches Geschenk von Gavin, weiße Lederschuhe und ein französischer Zopf vervollständigten ihr Aussehen.

Sie starrte sich in dem großen Badezimmerspiegel an und drehte sich. Sie überprüfte die runden Kurven ihrer vollen Figur und ihr gefiel nicht, was sie sah.

Zumindest hatte sie in Centralia keinen Spiegel gehabt, in den sie hätte starren können. Es war nicht einmal ihr Körper, der sie beunruhigte, sondern ihre Schuldgefühle. Schuldgefühle für Shannons Schicksal. Schuld für das, was sie letzte Nacht in den heißen Quellen getan hatte, wie sie sich mit Gavin verhalten hatte, obwohl er nicht einmal ihr Partner war. Schuld dafür, ihre Familie verlassen zu haben. Schuld dafür, dass sie dieses ganze Chaos mit zu den Berans gebracht hatte.

Gavin klopfte an den Rahmen ihres Schlafzimmers und erschreckte sie. Faith wirbelte herum und wurde rot, weil sie erwischt worden war. Gavin warf ihr einen langen Blick zu, Sorge lag in seinen Zügen.

„Bist du sicher, dass du heute zum Haupthaus gehen willst? Es wäre keine große Sache, wenn wir einfach einen anderen Tag suchen", sagte er.

„Ich bin mir sicher. Ich brauche Ablenkung", sagte sie und versuchte ihn anzulächeln. Sie scheiterte beinahe, aber ihr Lächeln wurde ehrlicher, als Gavin seine Hand ausstreckte und ihre nahm. Er zog sie nah zu sich und gab ihr einen langen tiefen Kuss.

„Du bist böse", schimpfte sie und zog sich einen Schritt zurück, als der Kuss endete.

„Oftmals", stimmte er zu und bot ihr seinen Arm, um sie zum Auto zu führen.

Ein paar Minuten später standen sie auf der Veranda der Lodge. Genny machte die Tür auf und strahlte vor Freude und umarmte sie beide.

„Faith, ich weiß, du kennst meinen Sohn Noah noch nicht", sagte Genny und stellte Faith einer ähnlich schönen und leicht älteren Version von Gavin vor.

„Nett dich kennenzulernen", sagte Faith und schüttelte die angebotene Hand.

„Das ist meine Partnerin Charlotte", sagte Noah und stellte sie vor. Charlotte war wunderschön, eine große, kurvige Blondine in einem figurbetonten grauen Kleid und passenden Schuhen.

„Es ist mir eine Freude", erwiderte Charlotte. Zu Faiths Überraschung stellte Noah anschließend Gavin Charlotte vor.

„Es gibt viel neues Blut in der Familie in letzter Zeit", sagte Genny mit einem wachsenden Lächeln zu Faith. „Das lässt mich doch fragen, wer von meinen Söhnen der nächste ist, oder?"

Faiths Erröten war ausreichend als Antwort, damit Genny sich umdrehte und alle zum Esstisch drängte. Alle setzten sich, Josiah saß am Kopf des Tisches und Genny goss allen Wein ein.

Das Gespräch war belanglos, viel Neckerei zwischen Gavin und Noah. Ihre lockere, ungezwungene Unterhaltung ließ Faith ein wenig wehmütig an das Gespräch denken, dass sie vor ein paar Tagen mit Shannon geführt hatte. Gavin hatte wirklich keine Ahnung, wie glücklich er sich schätzen konnte, so einer tolle Familie zu haben.

Er musste ihre Gedanken gespürt haben oder zumindest ihre veränderte Stimmung, den Gavin griff still ihre Hand und hielt sie auf ihrem Schoss. Er sagte nichts, er hielt ihre privaten Angelegenheiten vom Esstisch fern, aber seine Berührung war beruhigend.

„Partnerhochzeiten sind heutzutage überbewertet", sagte Josiah, als Faith ihre Aufmerksamkeit wieder dem Gespräch zuwandte.

„Ach Quatsch", sagte Genny und winkte abwertend mit der Hand. „Du bist nur geizig."

Josiah zuckte zusammen und verschränkte seine Arme, aber Noah und Gavin lachten nur. Faith erwischte Charlottes Blick und lächelte, als die andere Frau eine Braue hochzog.

„Lasst uns über etwas anderes reden", sagte Noah

und schüttelte seinen Kopf. „Haben wir euch schon erzählt, dass wir nach Paris in die Flitterwochen fliegen?"

„Flitterwochen", grummelte Josiah.

„Oh, Paris!", rief Genny aus und sah begeistert aus. „Wie romantisch."

„Sobald Max seine letzte Chemotherapie beendet, fliegen wir alle gemeinsam", informierte Charlotte alle.

„Max?", fragte Faith.

Charlottes Augen weiteten sich und ihre Augen strahlten bei dem Thema.

„Ich bin Kinderkrankenschwester und Max ist einer meiner Patienten, schon bald ein ehemaliger Patient, hoffen wir. Er hat keine Familie also werden Noah und ich ihn adoptieren.

Der Blick, der zwischen Noah und Charlotte hin und her ging, war so süß, dass es Faiths Magen flau machte. Dieser Blick, dieses Gefühl … das war es, was Faith für sich selbst wollte.

„Er ist noch im Krankenhaus", fügte Noah hinzu. „Charlottes Cousine ist jetzt bei ihm, während wir hier sind. Er hat sich ein wenig in sie verliebt, der Arme."

„Leider ist sie vom anderen Ufer", sagte Charlotte und sah amüsiert aus.

„Ich denke, er wird das schon bald selbst rausfinden. Das hoffe ich zumindest", seufzte Noah.

„Na ja, ich kann es nicht erwarten, ihn kennenzulernen. Wenn ihr ihn nicht mit nach Paris nehmen wollt, kann er auch gerne bei seinen Großeltern bleiben. Wir hätten ihn gerne hier, oder Josiah?", fragte Genny und stupste ihren Mann an.

„Ähh. Ja", antwortete Josiah und runzelte die Stirn. Faith konnte nicht anders, als zu kichern, bei der Art wie die Alphapartnerin ihn behandelte. Er war vielleicht dominant für den Rest der Welt, aber es war offensichtlich, dass sie zu Hause die Hosen anhatte. Es war auch offensichtlich, dass er sie viel zu sehr liebte, um „nein" zu einer ihrer Ansagen zu sagen.

„Das ist nett von euch", sagte Charlotte.

„Das ist Familie", sagte Genny, als ob das alles erklärte. Und für sie tat es das.

„Na ja ich bin nur froh, wenn wir Max nach Hause bekommen und er sich erholen kann. Wir warten mit der Hochzeit, bis er stärker ist", sagte Noah und beendete das Thema. „Genug von uns, Faith, erzähl doch mal was über dich."

Faith fühlte, wie ihre Wangen heiß wurden und sie schluckte.

„Ähm … ich bin Vorschullehrerin", schaffte sie es, zu sagen.

„Oh, wie nett! Dann liebst du Kinder", sagte Charlotte.

„Das tu ich."

Stille erhob sich einen Moment, ehe Gavin sie rettete.

„Faith ist eine wirklich tolle Geschichtenerzählerin und Künstlerin", sagte er. „Sie hat sich in unserem Gästehaus ein kleines Studio eingerichtet, damit sie an ihrem Kinderbuch arbeiten kann."

„Oh, daher brauchtest du die Schreibmaschine?", fragte Genny. „Was für eine tolle Idee."

„Ich … ja", sagte Faith und nahm einen Schluck von ihrem Wein. Sie hörte viel lieber allen anderen zu, anstatt Fragen zu beantworten. Es gab zu viele, die sie noch gar nicht beantworten konnte. Würde sie ein Buch schreiben? Würde sie eine Arbeit finden? Würden sie in Montana bleiben? Würden sie und Gavin…

„Ich helfe dir gerne, wo ich kann", sagte Genny. „Josiah auch, für was immer du ihn brauchst."

Alle kicherten, obwohl Josiah nur die Stirn runzelte.

„Ich habe schon meinen Nutzen", erklärte der Alpha.

„Den hast du, Liebling", sagte Genny und tätschelte seine Hand. „Also, will noch jemand Nachtisch?"

Alle stöhnten, sie waren viel zu satt, um überhaupt darüber nachzudenken. Schon bald war der Tisch abgedeckt, der Wein ausgetrunken und alle machten sich bereit für die Nacht. Genny ging mit Gavin und Faith zur Tür.

„Du solltest mehr Zeit mit deinem Bruder verbringen, während er hier ist", mahnte Genny Gavin. „Ich weiß du und Faith ihr seid … beschäftigt, aber Noah ist vielleicht eine Weile nicht da. Er und Charlotte haben viele Pläne."

„Das werde ich, Ma."

„Vielleicht können Faith und Charlotte einen Spa Tag in Billings machen, während die Männer … na ja macht, was immer ihr wollt", schlug Genny vor.

„Klar, Ma", sagte Gavin. Er lehnte sich hinüber und umarmte seine Mutter und drückte ihr einen Kuss auf den Kopf. Genny warf ihm ein liebevolles Lächeln, dann drehte sie sich und umarmte Faith.

„Lass von dir hören. Und lass mich wissen, wenn du etwas brauchst. Ich kann fast alles bei Amazon bestellen oder in die Stadt gehen, wenn du was brauchst. Oder du kannst gehen! Ich bin mir sicher, Gavin kann einen Tag auf seine Kreditkarte verzichten."

Faith schenkte ihr ein dankbares Lächeln.

„Du hast schon so viel getan", sagte Faith.

„Unsinn", sagte Genny. Den Klang, den sie nutzte, war derselbe, den sie vorhin benutzt hatte, als sie über Max gesprochen hatten. *Es ist Familie,* hatte sie gesagt.

Faith seufzte und umarmte Genny ein letztes Mal, dann stieg sie ins Auto mit Gavin. Die Fahrt zurück verlief ruhig, beide waren in ihren eigenen Gedanken versunken.

Zurück im Gästehaus trennten sie sich und gingen in ihre eigenen Betten, unausgesprochene Worte hingen schwer in der Luft.

KAPITEL 12

*E*rst am nächsten Morgen wurden diese Worte ausgesprochen. Faith machte Frühstück, so wie immer, obwohl ihr Magen sich genauso bleiern anfühlte, wie die Gedanken, die ihr Herz belasteten. Sie aßen zusammen in der Küche, standen auf und Stille entstand zwischen ihnen, bis es fast schon unerträglich war. Faith konnte nicht schnell genug mit dem Abwasch fertig werden. Sie wollte in ihr neues Büro fliehen und an ihrer Geschichte arbeiten.

Gavin sah ihr zu, während sie arbeitete und dabei grübelte. Als sie ihm ein Lächeln zuwarf und eine Entschuldigung murmelte, arbeiten gehen zu wollen, schüttelte er seinen Kopf.

„Komm und setz dich eine Minute zu mir", sagte er und nahm ihre Hand und führte sie zur Couch. Faith setzte sich neben ihn, ihre Augen konzentrierten sich auf sein Gesicht und versuchten zu erraten, was er vielleicht sagen wollte. Würde er sie bitten, jetzt eine richtige Entscheidung über ihre Zukunft zu treffen? Oder noch schlimmer, würde er sie einfach bitten zu packen und zu gehen? Sie glaubte nicht, dass sie das aushalten konnte, nicht nachdem sie sich die letzten Tage so nah gekommen waren. Sie befanden sich an einem Wendepunkt, aber die Unsicherheit ließ Faith mehr und mehr die Kontrolle verlieren.

„Ich muss dich etwas fragen", sagte Gavin endlich und riss Faith aus ihren Gedanken. Sie hatte sich, ohne nachzudenken an ihn gelehnt, ihr Körper suchte seinen behaglichen Trost. Sie setzte sich ein wenig auf, und bedauerte bereits den Verlust dieser wunderbaren Wärme, als sie ihn ansah.

„Alles", sagte sie.

„Ich muss wissen … gibt es irgendwas, was uns davon abhält zusammenzusein, abgesehen, dass wir einfach Zeit brauchen, um da reinzuwachsen?", fragte er.

Faith schüttelte ihren Kopf, sie war verwirrt.

„Was meinst du?"

„Ich meine, gibt es jemanden oder etwas, das dich davon abhält … daran interessiert zu sein, die Dinge weiterzutreiben. Mit mir", sagte er und wandte sich auf seinem Platz. Seine Wörter waren schonungslos, aber dennoch sah er unbehaglich aus.

„Oh, Gavin. Ich weiß es nicht", sagte Faith und stieß ihren Atem aus. „Ich frage mich nur … ich meine, gibt es irgendwas, was dich abhält?"

Er runzelte seine Stirn. Faiths Lippen zuckten, sie dachte daran wie sein Vater und Bruder genau denselben Ausdruck machten, wenn sie perplex waren.

„Was sollte mich zurückhalten?", fragte er.

„Ich bin ein niemand. Ich war noch nie irgendwo. Ich habe nie etwas gesehen. Alles, was ich weiß, stammt aus Büchern und ich bin immer noch nicht so belesen. Ich war noch nie auf einem echten Date, außer hier im Gästehaus mit dir. Ist das … willst du nicht mehr in einem Partner?", fragte sie und ließ endlich die Gedanken raus, die sie die ganze Nacht gequält hatten.

„Faith…"

„Nein wirklich. Ich habe Charlotte zugehört. Sie hat eine Karriere und sie ist gereist, und sie hat Stil –"

„Hör auf", sagte Gavin, seine Wörter waren ein Knurren. Er streckte seine Hände und griff Faith an der Taille und zog sie nahe zu sich. „Charlotte ist anspruchsvoll, ja. Aber du –"

Er hielt inne und Faiths Herz verengte sich in ihrer Brust.

„Ich bin was? Nur weil ich ein Abschluss von einer namenlosen Uni habe, macht mich das nicht zu etwas Besonderem. Ich kann nicht mal auf mich selbst aufpassen im Moment. Du und deine Familie, ihr macht alles für mich! Das ist erbärmlich. Und ich werde euch das wahrscheinlich nie zurückzahlen können."

„Mein Gott, Faith", sagte Gavin und strich ihr eine Haarsträhne hinter das Ohr. „Warst du deswegen so verstimmt beim Abendessen?"

„Na ja, ja. Ich bin einfach … nur festgefahren. Und du, schau dich an! Du bist wunderbar und du hast eine tolle Karriere und du bist nett –" Sie hielt inne, als ein Grinsen über Gavins Gesicht lief. „Hör auf zu grinsen. Ich sage hier nur das Offensichtliche."

„Ich freue mich, dass du mich so unwiderstehlich findest", sagte Gavin und lehnte sich für einen Kuss herüber. Er knabberte an ihrer Unterlippe und ließ sie seufzen und sich in seine Umarmung lehnen. So nahe bei ihm, musste sie sich selbst ausschimpfen, damit sie die Fassung bewahrte.

„Ich meine es ernst. Ich glaube nicht, dass ich dir reiche. Ich frage mich nur … ich glaube, vielleicht sollte ich versuchen, meine Mutter zu finden und versuchen eine Weile meinen eigenen Weg zu gehen. Wenn ich auf meinen eigenen Beinen stehen kann und du mich immer noch willst, dann haben wir vielleicht eine Chance."

Gavin zögerte, dann seufzte er gereizt.

„Wyatt", seufzte er.

„Wie bitte?", fragte sie.

„Wyatt hat dir etwas gesagt oder? Oder war es Cameron?", wollte Gavin wissen.

„Wyatt", gab Faith zu und neue Wut stieg in ihrer Brust auf, während sie an Wyatts Warnung dachte. „Und ich will dich nicht wegen deines Gelds, nur damit du es weißt."

„Scheiße … ich bringe ihn um", stöhnte Gavin.

„Hör nicht auf ihn. Er ist Frauen gegenüber total voreingenommen. Es ist nichts Persönliches."

„Er scheint zu glauben, dass ich dein Herz brechen und all dein Geld haben will oder so!", sagte Faith. „Oder das ich nur an Sex interessiert bin oder so. Es war verwirrend."

„Ich wette, er hatte einige wichtige Dinge zu erzählen", sagte Gavin und sah verärgert aus. „Hör auf mich. Ich will dich, das gebe ich zu. Du bist wunderschön und sehr sexy. Aber ich genieße es mit dir. Du bist interessant und nachdenklich und du bist süß. Außerdem machst du tolle Pfannkuchen", sagte er neckend.

„Das kannst du auch bei jemandem finden, der tatsächlich schon Lebenserfahrung hat", wies Faith ihn darauf hin.

„Aber ich will niemanden anderen, ich will dich."

Faith schaute ihn einen langen Moment an und biss sich auf ihre Lippe. Dann drehte sie sich um und schüttelte ihren Kopf.

„Hey, hey", sagte Gavin und berührte ihr Gesicht und zog sie zurück. „Es gibt jetzt viele große Fragen, aber die, die wir beantworten müssen ist, ob wir das hier wollen. Also frage ich dich noch einmal … Gibt es irgendwas,

was dich davon abhält? Kein Wyatt oder meine Familie oder Geld oder was auch immer. Gibt es irgendwas?"

Er tippte ihr auf die Brust direkt über ihrem Herzen. Faith neigte ihren Kopf zurück und schaute direkt in Gavins Augen. Er war so ehrlich, so liebevoll. Und sie sehnte sich nach ihm, wie sie sich noch nie nach jemandem gesehnt hatte, das war sicher. Aber war das ausreichend?

„Es gibt nichts", sagte sie endlich und hob ihre Lippen, um seine zu streifen.

„Bist du dir sicher Faith? Ich will keinen Teil von dir, ich will alles. Um sicher zu sein", sagte Gavin und zog sie zurück und starrte ihr wieder in die Augen.

Die Worte waren aus ihrem Mund, noch ehe sie darüber nachdenken konnte, sie kamen direkt von ihrem Herzen und über ihre Lippen.

„Ich bin mir sicher Gavin. Ich will dich", sagte sie.

„Wir können uns Zeit lassen, nur um sicherzuge-hen", versprach er.

Als Antwort küsste Faith ihn erneut, diesmal ein wenig härter. Der Kuss heizte sie sofort an und die Leidenschaft entzündete sich zwischen ihnen. Gavin nahm ihren Kiefer in eine Hand und fuhr mit der anderen in ihre Haare und hielt sie fest, während er sie mit seiner Zunge und seinen Zähnen erforschte.

Faiths Gedanken gingen zurück zu der Nacht an den heißen Quellen, die Art, wie er sie angefasst hatte, sie zum Brennen gebracht hatte, bis sie explodiert war. Das Bild von ihm, wie er auf dem Rand der Quelle saß und seinen langen Schwanz streichelte, während er sie mit vor Lust dunklen Augen angestarrt hatte, kam ihr in die Gedanken und ließen sie rot werden.

„Sollen wir ins Schlafzimmer gehen?", fragte Gavin. Kein Vorschlag, eine einfache Frage. Sogar im erregten

Zustand, und sie konnte sehen, dass er das war, war er der perfekte Gentleman.

Faith öffnete ihren Mund, um zu antworten, aber das Geräusch des Kieses draußen unterbrach sie. Gavin schaute knurrend zur Tür.

„Ich denke, Noah hat dieselbe Lektion von Ma bekommen, dass wir mehr Zeit miteinander verbringen sollen", seufzte er. Er stand auf und erschrak, als er das Geräusch eines weiteren Autos vor dem Haus hörte. „Zwei Autos?"

Sie standen beide auf und gingen zum Vorderfenster. Zwei schwarze SUVs parkten dort, die Türen öffneten sich und gaben mehrere bekannte Gesichter frei. Besonders ihr Bruder Jared stand heraus, ein bedrohlicher Blick der Vorahnung lag auf seinem Gesicht.

„Geh in dein Zimmer, Faith. Ins Badezimmer. Schließ die Tür ab", rief Gavin und holte sein Handy aus der Tasche.

„Lass mich mit ihm reden", sagte Faith, aber Gavin ließ sie mit einem Blick verstummen.

„Pa, Faiths Bruder ist hier und er hat … mindestens sechs Männer mitgebracht", sagte Gavin ins Handy. Er hörte einen Moment zu, nickte und legte auf. Er drehte sich zu Faith, griff sie an den Schultern und drückte sie in Richtung Flur.

„Geh! Ich mein das ernst. Lass mich mich nicht um dich Sorgen müssen, während ich kämpfe", befahl er. „Es gibt eine Pistole in einer Hülle unter meinem Bett. Sie ist geladen, also sei vorsichtig."

„Nein. Niemand kämpft", sagte Faith und entzog sich ihm. „Ich gehe raus. Du bleibst hier."

Ihr Herz klopfte ihr bis zum Hals, ihr Magen brannte vor Angst, aber sie würde nicht zulassen, dass

Gavin sich in eine gefährliche Situation brachte. Er hatte genug getan.

Gavin ging auf sie zu, seine Arme öffneten sich, in der Absicht sie festzuhalten und sie ins Badezimmer zu zwingen. Faith duckte sich und rannte zur Vordertür und riss sie auf, während er sie an der Taille zu fassen bekam.

„JARED!", schrie sie. „Ich bin hier!"

Sie kämpfte, aber Gavin war zu stark, zu groß. Er drückte sie hinter seinen Körper, sperrte sie ab gegen die Männer, die nur noch ein paar Dutzend Schritte entfernt waren. Faith starrte sie an, schluckte, als sie ihre einfache Kleidung und die gemeinen Grimassen sah. Ihr Vater war nicht da, aber diese waren seine Männer und sie sahen aus, als verstünden sie ihr Geschäft.

„Du bekommst sie nicht", knurrte Gavin. Faith zitterte; sie hatte diese Seite an ihm noch nicht gesehen, sein Bär war so nah an der Oberfläche, dass die Aggression in Wellen über ihn rollte.

„Du kannst sie mir nicht einfach wegnehmen und damit durchkommen", sagte Jared und machte einen Schritt nach vorne.

„Sie gehört dir nicht", spie Gavin.

Jared hob ein dickes Buch, das in uraltes braunes Leder gebunden war.

„Wirklich? Der Alpha Code sagt, dass sie das tut", antwortete Jared.

„Du bist nicht der Alpha", erwiderte Gavin und seine Hände verkrampften sich in Fäuste.

„Falsch. Dieser schwache alte Arsch verdient die Bezeichnung nicht, also bin ich es jetzt. Ich bin jetzt der Alpha", sagte Jared schon fast beiläufig.

Faiths Mund wurde trocken.

„Du hast ihn bekämpft?", fragte Gavin.

„Sagen wir mal, getötet. Jetzt bin ich der Alpha und

dieses Buch, das gleiche, das dein beschissener Vater benutzt hat, um meine Schwester mitzunehmen, dieses Buch sagt, dass sie mir gehört."

„Du wirst mich töten müssen und meine Brüder und meinen Vater", sagte Gavin.

„Nicht wirklich. Der Code sagt, wenn du die Eheze-remonie nicht vollzogen hast und die Verpartnerung, dann gehört sie mir. Alpharechte. Süß oder?", sagte Jared und grinste. Ein paar seiner Männer lachten und grinsten anzüglich.

„Gavin ...", sagte Faith und krallte sich in seinen Arm und versuchte verzweifelt, hinter ihm vorzukommen."

„Dann fordere ich dich heraus", sagte Gavin.

Alle wurden plötzlich still.

KAPITEL 13

„Wie bitte?", sagte Jared und kam näher, legte seine Hand an sein Ohr, als wenn er Gavin nicht richtig gehört hatte.

„Ich fordere dich um die Alpha Position heraus", wiederholte Gavin. Faith konnte die Angst spüren, die durch seinen Körper lief, sein Bär rang um Kontrolle.

„Das ist ein Todesmatch", knurrte Jared mit einem kranken Lächeln auf seinen Lippen.

„Nur wenn du es zu einem machst", sagte Gavin und wich nicht einen Meter zurück.

„Ich mache dich fertig. Dann nehme ich meine Schwester zurück und geb ihr die Bestrafung, die sie verdient hat. Wenn sie eine Hure sein will, dann kann sie das auch für die Männer in meinem Rudel tun. Sie war so eine eingebildete Hexe ihnen gegenüber, sie würden es lieben, sie zu zerstören. Stimmt das nicht Faith? Ich weiß, du hast dich für meine Männer aufgehoben, oder nicht?"

Faith knurrte und schubste Gavin. Ihr eigener Bär

erhob sich und forderte, dass sie Jareds dreckige Zunge auskratzte.

„Tu das nicht", sagte Gavin einfach. „Es ist so gut wie erledigt."

Sie wurde einen Moment ruhig und er trat aus der Vordertür auf Jared zu. So schnell wie ein Blitz war sie hinter ihm und warf sich auf ihren Bruder, knurrend und sich das Gesicht zerkratzend.

Jared fing sie einfach auf und schob sie zu ihrem Cousin Samuel, der sie am Nacken griff. Samuels Finger fanden eine weiche Stelle, und machte ihre Sicht für einen Moment weiß, als er grausam zudrückte.

„Sei still", knurrte ihr Cousin.

„Wenn du ihr wehtust, bist du der nächste", sagte Gavin mit störrischem Ausdruck.

„Mach nur weiter in dem Tempo", sagte Samuel und hob Faith hoch und hielt sie eng an sich gedrückt.

Gavin starrte Samuel einen Moment an, dann schüttelte er seinen Kopf.

„Lass uns das erledigen", sagte er zu Jared. Er begann an seinem Shirt zu zerren, bereit sich zu verwandeln und zu kämpfen.

„Nein", sagte Jared. „Wir bleiben menschlich. So steht das im Buch."

Jared warf Gavin das Buch zu und es landete zu seinen Füßen. Gavin schnaubte und schüttelte seinen Kopf.

„Nein! Gavin, er ist Boxer, er kämpft mit der bloßen Faust", bat Faith. „Er hat fast ein paar Männer getötet. Dein Bär ist größer als seiner, du kannst ihn so besser bekämpfen."

„Das ist mir egal. Ich mache es trotzdem", antwortete Gavin. In der Entfernung konnte Faith das Geräusch von sich nähernden Autos hören. Josiah und der Rest der Hilfe nahm sie an.

„Und niemand stört", sagte Jared laut. „Das heißt, dass dein Vater und deine Brüder zuschauen können."

„Und deine Männer auch", sagte Gavin. „Okay. Dann los."

Jared warf Faith einen bösen Blick zu, dann drehte er sich zu Gavin um.

„Lass mich los", sagte Faith und schubste ihn. „Ich muss zusehen."

„Wenn du unterbrichst, dann tut es mir leid", sagte Samuel und ließ sie mit einem kleinen Schubs los. Sie entfernte sich von ihm, aber behielt ihre Distanz zu Gavin und Jared bei.

Jared bewegte sich bereits, hob seine Faust und kam näher und näher und Gavin nahm dieselbe Haltung ein, aber Faith konnte sehen, dass er nicht so viel Übung hatte. Zwei Autos hielten an, die Beran Männer und ein paar andere liefen zum Kreis, aber sie waren in der Unterzahl.

„Lass es Pa!", rief Gavin und warf seinem Vater nur einen kurzen Blick zu. „Wir sind jetzt im Alpha Duell."

Josiah und Noah wurden still. Jared nutzte Gavins kurzweilige Ablenkung aus, seine linke Faust schoss hervor und traf Gavin am Kiefer. Gavin stolperte zurück, aber erholte sich schnell.

Die beiden kreisten, holten aus und schlugen zu. Die Zeit stand still, eine Qual für Faith. Sie sah zu, wie Jared Gavin tanzen ließ, wie er harte Schläge auf seine Rippen und seiner Brust landete. Sie spürte, wie sie sich übergeben musste, aber sie konnte sich nicht dazu durchringen sich zu bewegen, sie konnte kaum noch atmen.

Gavin hielt sich für mehrere Minuten wacker, aber Jared schubste ihn und zielte mit drei Schlägen für den einen, den Gavin verursachte. Jared hatte Gavin in wenigen Sekunden außer Gleichgewicht gebracht und seine Faust in Gavins Gesicht gerammt, Knochen brachen und Blut floss. Gavin gab das schnell zurück und erwischte Jared mit seinem Ellbogen an der Nase, aber Faith konnte bereits sehen, dass er diesen Kampf nicht gewinnen konnte.

Jared würde den einzigen Mann töten, der sich um sie sorgte, der Mann, den sie ... ja liebte. Ihre Chance auf Glück und Leben. Sie war entwischt, hatte seine Absicht durchkreuzt und jetzt würde Jared ihr sogar das hier noch nehmen.

Jared warf Gavin auf den Boden und landete zwei erbärmliche Schläge auf Gavins Körper. Gavin stöhnte, aber rollte sich weg. Faith schaute in Richtung Haus und fragte sich, was sie tun könnte, um das zu stoppen, ehe es zu spät war.

Ein Gedanke kam ihr, eine verrückte Idee. Sie versuchte zu denken, versuchte, sich etwas auszudenken, aber ihr fiel nichts ein. Sie war innerlich wie leer, ein Ball aus Angst und Verwirrung und Hass und nichts anderes mehr.

Sie rannte zum Haus, froh das all die Männer mit dem Kampf beschäftigt waren. Samuel warf ihr einen bösen Blick zu, aber sie drehte sich um und gab vor zu schluchzen und floh hinein. Niemand folgte ihr, sie bekam immerhin diese kleine Erleichterung.

Es dauerte nur eine Minute, bis sie fand, was sie suchte. Es lag unter Gavins Bett, genauso wie er gesagt hatte. Mit zitternder Hand zog sie die schwere schwarze Handwaffe aus seiner Hülle. Sie war sofort wieder an der Tür und war sich kaum bewusst bei dem, was sie tat.

Es gab nur Verzweiflung, die sie zittern ließ, und ihr Übelkeit verursachte.

Jared und Gavin waren noch am Boden, aber Gavin bewegte sich kaum. Er wehrte die Schläge noch ab, seine Bewegungen waren träge und ungeschickt, während

Jared wie ein Verrückter grinste, Blut rannte aus seinem Mund und seiner Nase.

Ein Glitzern von Metall zeigte etwas in Jareds Hand. Faiths Augen weiteten sich, als sie sah, dass er ein kleines Messer hatte, das Blitzen des Stahls bog sich in Richtung Gavin. Er stach Gavin direkt in die Brust, das nasse Geräusch davon wurde schon fast übertönt von Gavins Schrei aus Schmerz und Wut.

Dann stand die Welt still. Nein, nicht ganz. Die Zeit stand still. Dann bewegte sich Faiths Arm, anscheinend ganz von selbst. Dann gab es ein Geräusch, ein Brüllen und dann gar nichts mehr. Als wenn ein Stöpsel herausgezogen wurde, um alle Luft rauszulassen, aber nur in ihrem Ohr.

Jared fiel auf den Boden, sein Gesicht verzog sich vor Schmerz, während er seine Schulter hielt. Alle starrten sie plötzlich an. Faith schaute auf ihre Hände und sah die Waffe auf ihren Bruder gerichtet. Erst dann erkannte sie, dass sie auf ihn *geschossen* hatte.

Samuels Mund bewegte sich und sie konnte ihn hören, aber nur leise.

„Das kannst du nicht –", sagte ihr Cousin, während er auf sie zuging.

Sie drehte sich in seine Richtung, mit der Waffe immer noch im Anschlag.

„Ich werde dich töten", sagte sie. „Geh weg."

Jetzt gab es kein Zittern mehr, keine Angst. Keine Übelkeit oder Schmetterlinge oder irgendwas anderes. Nur eisige Wut und Entschlossenheit.

„Holt Jared von meinem Partner", befahl sie den Männern.

„Du blöde Kuh!", schrie Jared, seine männliche Angeberei war weg. „Ich werde dich töten. Ich werde euch beide töten!"

Jared kam auf die Beine und ignorierte seine

blutende Schulter und rannte mit dem Messer in der Hand auf Faith zu. Faith bewegte sich und drückte erneut ab. Dieses Mal zielsicher direkt auf sein Herz.

Jareds Augen wurden groß, als er sich an seine Brust griff, ein blutrünstiger Blick lag auf seinem Gesicht.

„Du .. das hast du nicht getan ... ich werde ... töten", formte er. Oder schrie es vielleicht, Faith konnte nichts hören. Dann rollten seine Augen nach oben und er fiel auf den Kies.

Samuel bewegte sich, mehrere Männer sammelten sich hinter ihm und Faith drehte sich zu ihm.

„Ich glaube, ich habe mich klar ausgedrückt. Ich habe gesagt, ich würde euch töten und das habe ich auch so gemeint", rief Faith über ihre Taubheit hinweg. Die eisige Ruhe hatte sie noch im Griff und ließ sie wie eine Marionette funktionieren. „Ich habe ihn getötet. Ich bin jetzt der Alpha. Steigt ins Auto und geht oder ich werde euch alle töten."

Samuels Mund bewegte sich aber er schwankte. Nach einem Moment kamen Josiah und Noah nach vorne, ihre Bewegungen waren vorsichtig. Josiah griff Samuel am Nacken und nutzte fast denselben Griff, wie Samuel bei Faith und nach einem Moment gab er nach.

Faith sah zu, wie Jareds Männer sich umdrehten und flohen. Sobald ihre Autos weit genug weg waren, kniete sie sich hin und legte die Waffe auf den Boden. Sie konnte das metallische Geräusch hören, als sie es auf die Kieseinfahrt legte.

„Bist du okay, Faith?", sagte Noah und kam näher und zog sie zu sich. Sie brach in der Sekunde, in der er sie berührte, halb zusammen und wollte sich auflösen, unfähig zu verstehen oder damit umzugehen. Sie schaute auf den Körper ihres Bruders und Unsicherheit überkam sie.

Aber dann sah sie, wie Gavin sich aufsetzte, und all

ihre Gefühle kamen in einer Flut zurück. Wut Angst, Traurigkeit, Angst, Übelkeit, Angst, Liebe.

Faith machte sich von Noah los und stolperte hinüber zu Gavin und fiel auf ihre Knie.

„Gavin", keuchte sie. Er schaute sie an und war sichtbar verwirrt.

„Was ist passiert?", fragte er.

„Ich habe ihn getötet", sagte Faith und ihre Stimme brach. „E-er wollte dich töten. Er hatte ein Messer."

„Okay, es ist okay", sagte Gavin und zuckte, als er sie auf seinen Schoss zog.

„Nein, Gavin, Ich –"

„Shhh. Lass uns später darüber reden, okay?", fragte er.

Faith sah auf sein blutverschmutztes Gesicht und sackte zusammen. Tränen kamen endlich in großen Schluchzern.

„Er wollte dich umbringen", sagte sie immer wieder. „Ich liebe dich, er kann dich nicht töten."

Sie schrie tatsächlich und wehrte sich, als Josiah sie hochnahm und von Gavin wegzog.

„Wir müssen ihn versorgen, Mädchen", grunzte Josiah. „Sei still und ich lasse dich bei ihm bleiben."

Sie wurde ruhig und war beruhigt, als sie sah, dass Noah Gavin aufhalf und ihn beim Hineingehen unterstützte. Josiah setzte sie auf einen Stuhl und befahl ihr dortzubleiben.

Josiah und Noah machten Gavin sauber und wischten das ganze Blut weg. Sie legten ihn auf's Sofa und versuchten, es ihm so bequem wie möglich zu machen. Noah ging ins Badezimmer und kam mit Verbandsmaterial, Antibiotika und sogar ein wenig Schmerzmittel zurück.

„E-er braucht einen Arzt", sagte Faith.

Josiah ignorierte sie und untersuchte die Messerwunde auf Gavins Brust.

„Es ist nicht tief. Er wird okay sein. Er ist ein Beran", erklärte Josiah und gab Gavin einen Schlag auf den Rücken, der ihn zusammenzucken ließ. „Das heilt schnell. Er wird schon bald wieder in Ordnung sein."

„Ich höre euch", sagte Gavin, seine Stimme war kiesig.

Noah verband die Wunde und vergewisserte sich, dass Gavins Nase nicht gebrochen war, dann zwang er ihm die Schmerzmittel auf. Danach sagte Noah, er hatte alles getan, was er konnte.

„Willst du, dass wir bleiben?", fragte Noah Gavin und warf Faith einen unsicheren Blick zu.

„Nein." Gavin war streng. „Warte. Nimm die Waffe trotzdem mit."

Als wenn Faith jetzt irgendeinen Nutzen dafür hatte.

Josiah warf ihr einen langen Blick zu, dann seufzte er.

„Willst du, dass wir irgendwas Besonderes mit dem Körper deines Bruders machen?", fragte der Alpha.

Faith zwinkerte. Da war es wieder, dieses Gefühl, die Taubheit und das Eis.

„Nein", antwortete sie.

„Okay", sagte Josiah. Er machte sich bereit zum Gehen, dann hielt er inne und drehte sich wieder zu Faith. „Das hast du gut gemacht, Mädchen."

Mit dieser Aussage und ein paar weiteren besorgten Blicken von Noah waren sie weg.

Faith schaute auf ihre Hände und fragte sich, ob sie sich noch schrecklicher fühlen sollte.

„Faith", krächzte Gavin. Sie sah hoch und ihr Magen sank. Das war es dann. Nachdem sie einen Mann vor ihm getötet hatte …

„Kannst du dich zu mir legen, bitte?", fragte sie. Er

zog die Häkeldecke zurück, die Noah über ihn gelegt hatte, und winkte ihr. „Mir ist ein wenig kalt."

Faith stand auf und ging zur Couch, jeder Zentimeter ihres Körpers zitterte. Behutsam und langsam legte sie sich neben Gavin auf das Sofa, sie ließ ihren zittrigen Atem heraus, als er sie in die Decke einwickelte und seine Arme um sie schlang.

„Gavin −", begann sie.

„Lass uns schlafen", schnitt Gavin ihr das Wort ab. Er bewegte sich und zog sie näher, drückte ihre Körper zusammen, nur nicht an seiner Messerwunde. Er seufzte und küsste ihren Hinterkopf, dann begann er einzuschlafen. Es schien nur wenige Minute zu dauern, bis sein Körper sich entspannte, sein Atem fühlte sich sanft an ihrem Nacken an.

Und Faith, nach allem was sie heute Morgen gesehen hatte, folgte ihm sehr schnell in den Schlaf.

KAPITEL 14

„ $\mathcal{W}$ as glaubst du, was du da machst?"

Gavin zuckte zusammen, als er sich aufrichtete, nachdem er seine Tennisschuhe zugeschnürt hatte. Das Bett in seinem Gästezimmer krächzte unter seinem Gewicht und ließ ihn sich nach seiner eigenen Maß angefertigten Matratze in seiner Wohnung in Billings sehnen. Es war eine der wenigen Extravaganzen, die er sich gestattete, wobei sein Zuhause, sein Auto und sein Kleiderschrank einfach und sparsam waren.

„Ich gehe laufen", sagte er und drehte sich zu Faith. Sie stand mit verschränkten Armen in der Tür und sah sauer aus. Innerlich konnte er zugeben, dass er nicht der beste Patient in der letzten Woche gewesen war. Sobald er Faith überzeugt hatte, dass er sie nicht verantwortlich machte, sie hasste oder irgendwas wie Antipathie ihrem jetzt verstorbenen Vater und Bruder gegenüber fühlte, hatte sie darauf bestanden ihn zu pflegen. Wenn man ihr unerbittliches, entschlossenes Verwöhnen und Verhätscheln so nennen konnte.

„Ich glaub nicht, mein Freund", sagte sie und trat

auf ihn zu. Sie trug enge, graue Yogahosen unter einem lockeren T-Shirt. Obwohl ihre Haut bedeckt war, waren diese Hosen unfair. Er konnte jeden Zentimeter ihres Körpers sehen und es brachte ihn noch mehr um den Verstand, als ihre erstickende Pflege.

„Ich bin so fit, wie ein Turnschuh", erwiderte er und räusperte sich.

„Du bist ein Lügner", sagte sie und ihre Augenbrauen zogen sich zusammen. Sie kam näher und Gavins Mund wurde trocken. In Wahrheit wollte er gar nicht wirklich laufen gehen. Aber er war im Haus mit ihr gefangen und während Faith dachte, er war noch angeschlagen, hatte sich seine Libido längst erholt. Mit voller Kraft.

„Ich bin unruhig", gab er zu.

„Es ist mir egal, was du bist. Du wirst das Haus nicht verlassen, ehe ich nicht mit deiner Erholung zufrieden bin", sagte sie mürrisch.

Gavins Lippen zuckten. Sie drückte seine Knöpfe, jeden einzelnen davon und sie wusste es nicht einmal. Sie war jetzt anders nach dem Alpha Duell. Ihr freches Mundwerk und ihre störrische Haltung waren eine interessante Entwicklung, eine die ihm bereits jetzt gefiel.

„Oh ja?", fragte er.

„Ja", erwiderte sie. Sie war jetzt direkt neben ihm und starrte ihn an und führte ihn in Versuchung.

„Was, wenn ich dir beweise, dass ich völlig gesund bin?", fragte er.

Sie ärgerte sich.

„Und wie wirst du das machen?", fragte sie und eine einzelne Braue bog sich.

„Ich habe nachgedacht …" Er streckte seine Hand aus und zog sie auf sich, und ließ sich auf die Matratze fallen. Seine Lippen fanden ihre, er rieb seine Erektion an ihren Bauch und provozierte ein zweites Keuchen von ihren Lippen.

„Gavin!", quietschte sie.

„Ich glaube, das beweist meine Bereitschaft", sagte er und drückte die dicke blonde Mähne ihres Haares zurück, sodass er an ihrem Nacken knabbern konnte.

„Das beweist gar nichts!", protestierte sie.

„Da hast du recht", sagte er. Er knurrte und rollte sie hinüber und nahm die dominantere Position ein. Er drückte sich auf ihren Körper, streifte seine Fingerspitzen über ihre Brüste, und war zufrieden, als er die harten Nippel durch den weichen Stoff ihres T-Shirts bemerkte.

„Ich … ich bin", keuchte sie.

„Ich muss natürlich in dir sein, um das zu beweisen", neckte er und knabberte an ihrem Nacken.

„Gavin, nein!", sagte sie, aber ihre Atemlosigkeit widerlegte ihr Begehren.

„Ich wette, ich kann deine Stimmung verändern", sagte er und eroberte ihre Lippen zurück.

„Du bist ein schrecklicher Patient", murmelte sie an seinem Mund.

Er küsste ihre Worte weg, stieß seine Zunge zwischen ihre Lippen und schmeckte ihre Süße. Sie seufzte leise. Und erinnerte ihn wortlos an ihre Unschuld. Das Geräusch verführte ihn und heizte seine kaum noch im Zaum zu haltende Lust weiter an.

Faith gab ihm ein Geschenk, sie ließ ihn der erste sein, der einzige Mann, der sie jemals besessen hatte, im wahrsten Sinne des Wortes. Gavin beschloss, sich Zeit zu nehmen, und sicherzugehen, dass sie feucht war und nach mehr stöhnte, ehe er seinen Durst stillte und sich in ihrem Körper verlor.

„Du trägst viel zu viel Kleidung", sagte Gavin und zog am Saum ihres Shirts und ließ seine Hände darunter gleiten, um die weiche Haut darunter zu streicheln.

„Ich bin nicht die Einzige", erwiderte Faith und Hitze stieg in ihren Wangen auf, sobald sie die Worte gesagt hatte. Sie überraschte ihn, obwohl er sich nicht so fühlen sollte. Sie hatte so viele Facetten. Ängstliches Mädchen, zitternde Jungfrau. Aber sie war auch schlau und entschlossen, unerschütterlich in dem, was sie für ihre Pflicht hielt.

Man, sie hatte für ihn *getötet*. Ihren eigenen Bruder und nicht weniger. Sollte ihre plötzliche Kühnheit danach irgendeine Art von Schock sein? Gavin dachte nicht. Sie zog ihr Shirt aus und öffnete ihren weißen BH und stand dann auf, um ihn auszuziehen.

Er sah, wie ihre Augen großen vor Bewunderung wurden, als sie seinen Körper herunterfuhren, ein tiefer Schwall männlicher Zufriedenheit erfüllte ihn.

Sie streckte ihre Hand aus und fuhr mit ihren Fingerspitzen über seine Brustmuskeln, seinen harten Bauch und herunter bis zu seinem Magen, sie zögerte erst, als sie den dicken Muskel ganz oben an seinen Lenden berührte.

„Du bist wunderschön", sagte sie und ihr hungriger Blick ließ ihn vor Vorahnung brennen.

„Du klaust mir alle guten Sätze", neckte er und streckte seine Hand aus und liebkoste die weiche Kurve ihrer Taille. Er fuhr mit seiner Hand nach oben und berührte ihre Brüste durch den dünnen Stoff ihres BHs. Sie seufzte wieder, während er ihren Nippel mit einer einzigen Fingerspitze federleicht berührte.

„Und du quälst mich", informierte sie ihn und schob ihre Hüfte an seine. Unschuldig und dennoch war ihre offensichtliche Sehnsucht tödlicher und verführerischer, als alles andere, dass eine erfahrene Kurtisane probieren konnte.

„Wir haben gerade erst angefangen", versprach er.

Er ließ von ihr ab, setzte sich hin und zog sie auf seinen Schoss, breitete ihre Knie aus, sodass sie sich auf ihn setzen konnte. Er gab ihr ein bestimmtes Maß an Kontrolle, auch wenn sie seine abschwächte. Er sah sie aufmerksam an, während er ihre Brüste umfasste, und ihr schweres Gewicht in seinen Händen wog.

Sie zappelte und biss sich auf ihre Lippe, ihre Hüften stupsten an seine. Sie hatte keine Ahnung, was sie tat, sie presste ihre Hitze einfach so gegen ihn. Wenn er keine Jeans angehabt hätte, dachte er, könnte er vielleicht ihre Feuchtigkeit durch den dünnen Baumwollstoff ihrer Yogahosen spüren. Schon bald wäre sie mehr als feucht, sie würde tropfen.

Gavin lehnte sich hinüber, streifte seine Lippen an ihren Nippeln durch den Stoff ihres BHs. Er neckte sie sanft und entfachte das Feuer in ihr.

„Gavin", protestierte sie halb seufzend.

„Entspann dich", erwiderte er. „Ich habe noch gar nichts gemacht, damit du so gierig bist."

Sie wurde rot bei seinen Worten, aber sie biss sich wieder auf ihre Lippe. Sie wartete und vertraute ihm.

Gavin fuhr mit seinen Zähnen über ihre Brustwarze und kostete ihr Keuchen für eine Sekunde aus, ehe er ihre Brüste als Gegenleistung für einen tiefen, fordernden Kuss losließ. In dem Moment, als sie sich unter den eindringlichen Stößen seiner Zunge entspannte, bewegte er sich wieder, vergrub seine Finger in ihrem Haar und zog ihren Kopf zurück. Er verschaffte sich Zugang zu der sensiblen Haut an ihrem Nacken, ihrem Genick. Er saugte und knabberte, markierte ihr blasses Fleisch, fand eine Stelle hinter ihrem Ohr, die sie vor Lust schreien ließ.

Ihre Hände klammerten sich an seine Schultern und hielten ihn verzweifelt fest. Er zog ihre braune Strumpfhose in einer einzigen langsamen und kalkulierten Bewegung herunter, die ganze Zeit küsste er sie und markierte ihren makellosen Nacken, die schlanke Linie ihres Schlüsselbeins. Er küsste, saugte und biss. Neckerei, dann Lust, dann ein wenig Schmerz, der die Flammen höher und höher entfachte.

Sie bewegte sich an ihm, ihre Hüften rollten in einem sanften Rhythmus, den man nicht lernen konnte. Es war natürlich, aber verführerisch, ein Zeichen ihres wachsenden Hungers, eins das zu seinem eigenen passte.

Gavin zog die Körbe ihres BHs herunter und befreite ihre Brüste in langsamen Schritten. Als sie nackt vor ihm stand, bog sie ihren Rücken zurück und stieß ihre Brüste in Richtung seines Gesichts.

„Hmmm", murmelte Gavin und sah ihr direkt in die Augen, während er seine Lippen leckte. „Ich frage mich, was du willst."

Ihr Blick verengte sich und sie machte einen Schmollmund.

„Ist es das?", fragte er und lehnte sich herüber und drückte ihr einen Kuss zwischen ihre Brüste. Ein weiterer langer Kuss, auf der sensiblen Unterseite eines der schweren Ballons, dann ein weiter darüber, dann an der Seite.

„Gavin!", sagte sie und eine Hand griff die Rückseite seines Nackens. Als wenn sie ihn nahe an sich ziehen wollte, und ihre Brüste auf seine Lippen drücken wollte. Aber sie zögerte und er nutzte das aus.

„Vielleicht so?", fragte er und ließ seine Lippen über einen blütenrosa Nippel wandern.

„Ahhh", keuchte sie, die Taille arbeitete wieder an ihm und rieb sich gegen seinen Schwanz. „Ja, ja."

Gavin ließ seine Zunge mit einer schnellen Bewegung über ihren Nippel wandern und sie belohnte ihn mit einem harten Stoß ihrer Hüften. Sie zog an ihm und bog sich nah an seine Lippen, ihr Rücken wölbte sich, während er eine Hand über ihren Po legte und sie näher und näher zog.

„Bitte mich, dich zu probieren, Faith", sagte Gavin. Ihm gefiel ihre Frauenstimme und wenn er der Erste für sie war, ihr einziger, dann würde er ihr zeigen müssen, was ihm am besten gefiel. „Ich will hören, was du möchtest".

„Probier mich", seufzte sie, ohne zu zögern. Kein Zögern, sie wurde nicht einmal rot. Gavin gehorchte und schloss seine Lippen über ihren Nippel, er züngelte und wirbelte seine Zunge über die Spitze. Er badete in ihrem Stöhnen, das lang und sanft und voller Sehnsucht war.

Als Faiths Hand seine Schulter losließ und sich auf seinen Hüften niederließ, streiften ihre Daumen seine Taille in brennenden Berührungen. Gavin saugte hart und stöhnte in ihr Fleisch. Er beugte seine Hüften und zeigte ihr ohne Rücksicht seine Begierde.

Sie wich ein wenig zurück und zog sich von seinem hungrigen Mund zurück, ihre Finger öffneten den Knopf und den Reißverschluss seiner Jeans. Sie biss sich auf ihre Lippe und zog seine Jeans ein paar Zentimeter herunter. Sein Schwanz stieß gegen seine engen Boxershorts, die Spitze schaute heraus und bettelte um Aufmerksamkeit.

„Fass mich an", ermutigte er sie. Als sie seine Boxershorts herunterzog und mit der Rückseite ihrer Finger über seine tropfende Erektion strich, biss er sich auf die Lippen, um ein Stöhnen zu unterdrücken.

Sie fand die glitzernden Tropfen der Lust an seiner Spitze und berührte sie mit neugierigen Fingerspitzen und verbreitete die Flüssigkeit über die dicke Krone seines Schwanzes. Ihre vorläufigen Erkundungen waren nicht genug, sie machten ihn nur gierig.

Gavin nahm ihre Hand und legte sie um seinen Schwanz, schloss seine Finger um ihre und zeigte ihr den richtigen Druck. Er bewegte ihre Hand, ließ sie mehrmals die ganze Länge spüren, ehe er sie losließ.

„Ich will dich", flüsterte Faith, ihre Augen wanderten hin und her zwischen seinem Gesicht und seiner steifen Länge. Gavin stieß in ihre Berührung und stöhnte dabei.

„Das reicht", sagte er und griff nach ihrer Hand. „Ich mache dich bereit. Er ist zu groß für eine Jungfrau, wenn sie nicht sehr sehr bereit ist."

Faith biss sich auf die Lippe, sie war wirklich neugierig.

„So wie du es in der anderen Nacht getan hast?", fragte sie schüchtern.

„Noch viel mehr", versprach Gavin. „Aber zuerst…"

avin schob Faith von seinem Schoss und zog seine Jeans und seine Boxershorts mit einer kurzen Bewegung aus. Faith runzelte die Stirn, aber ließ sich von ihm auch ausziehen. Er trat vom Bett weg und ging ins Badezimmer, dann kam er mit einem kleinen öligen Päckchen zurück, das er ihr zeigte. Ein Kondom erkannte sie.

„Ich will nicht, dass du dir über irgendetwas Sorgen machst, für das du nicht bereit bist", erklärte er, während er es auspackte und überzog.

Seine Berücksichtigung ihrer Bedürfnisse erfüllte ihre Brust mit etwas Gefährlichem, etwas, das sie in den Augenblicken, bevor sie ihren Bruder erschossen hatte, akut gespürt hatte. Etwas wie Liebe, aber Faith schob den Gedanken ganz weit zurück. Im Moment ging es um die körperliche Nähe, nicht die emotionale Nähe.

Faith warf Gavin ein großes Lächeln zu und öffnete ihre Arme für ihn und zog ihn wieder aufs Bett. Er setzte sich und zog sie wieder auf seinen Schoss, Angesicht zu Angesicht mit nichts Weiterem zwischen ihnen.

Faith biss sich auf die Lippe und griff nach unten, Neugier lag auf ihrem Gesicht, als sie ihn und die glitschige Oberfläche des Kondoms berührte. Sie nahm seine Länge wieder in ihre Hand, und fuhr vorsichtig mit ihrer Hand daran herunter und war zufrieden, als das Kondom wie eine zweite Haut eng anliegend blieb.

Gavin grunzte, Hunger breitete sich auf seinem Gesicht aus.

Er zog ihre Hand weg und griff nach ihrem Po und brachte sie auf seinen Körper, seine Erektion war jetzt zwischen ihnen und drückte seinen Kopf gegen die nasse Hitze ihrer Höhle. Als er sich beugte und gegen ihr sensibles Fleisch strich, zitterte sie.

„Oh!", stöhnte Faith. Gavin hob ihre Arme hoch, damit sie seine Schultern umfassten, dann küsste er sie. Tief, langsam und hart, fiel in ihren Mund ein und rieb sich gegen ihr, dort wo sie es am meisten brauchte. Er küsste sie lange, lange Minuten und begann einen sanften Rhythmus zwischen ihnen zu entwickeln, er stieß ihren Körper mit seinem zusammen, bis sie mitmachte und ihre Hüfte rollte, während ihr Atem schneller wurde.

Gavin brach den Kuss ab und legte eine Hand auf ihren Unterrücken, während die andere zwischen ihnen glitt. Die schwielige Spitze seines Daumens fand die Stelle, die Stelle, die er so gnadenlos an den heißen Quellen geneckt hatte. Wohlige Wärme breitete sich in ihrem Körper aus und brachte ihren Kern und Brüste und Lippen zum Brennen.

„Magst du das, Faith?", murmelte Gavin und fuhr mit seinen Lippen über ihren Nacken. Faith zitterte und konnte gerade noch nicken.

„Sag mir, wir sehr es dir gefällt", sagte er.

„S-sehr", keuchte sie. „Ich … ich will mehr."

„Sag meinen Namen, damit ich weiß, dass du weißt, wer dir diese Lust verschafft. Sag ich will mehr, Gavin."

„Ich will … ich will mehr, Gavin", sagte Faith und versuchte ihre Augen offen zu halten, während seine Hüfte sich bewegte, er drückte seine Länge an sie, die Spitze machte langsame Kreise. Er berührte sie dort, wo sie es wollte, aber sie wollte mehr.

„Ich liebe es, wenn du mit mir sprichst und mir sagst, was du willst", sagte er und kratzte sein beharrtes Kinn an ihrer plötzlich sensiblen Haut, wo ihr Nacken und ihre Schulter sich trafen, seine Zähne knabberten an ihr.

„Ich will mehr", sagte sie diesmal lauter. „Ich will dich … in mir spüren."

Faith merkte plötzlich, wie sehr sie sich wünschte, dass sie mehr wusste, dass sie wusste, wie sie mit ihm sprechen musste und ihn erregen konnte. Ihr fehlten sogar die Wörter dafür, was sie brauchte, aber sie musste es versuchen.

„Ich will deine Finger, so wie das letzte Mal", sagte sie endlich.

„Gut, sehr gut", lobte Gavin. „Aber ich werde dir mehr als das geben."

Dann bewegte er sie, legte sie hin, während er sich neben sie legte. Er fand ihre Muschilippen mit zwei Fingerspitzen, neckte die Stelle, die sich am besten fühlte, ehe er tiefer und tiefer glitt.

„Du bist so nass für mich, Faith", sagte Gavin schon fast zu sich selbst. „Und deine Muschi fühlt sich so gut, weich und nass und heiß an."

Faith wurde rot wie rote Beete, bei seinem Dirty Talk, aber sie war an seine Berührung gefesselt. Gavin belohnte sie, indem er zwei lange, dicke Finger in ihren Kern drückte, und ihr das gab, was sie so sehr wollte.

„Ah! Ja, ja", stöhnte sie und ihre Augen schlossen sich.

„Es gibt keine Grenzen", sagte Gavin. Er schien überrascht, aber zufrieden, langsam pumpte er seine Finger in und aus ihrem engen Kanal. „Gott, du bist perfekt. Schau mich an, Faith, Schau mich an, während ich dich berühre."

Sie öffnete ihre Augen und staunte bei der Intensität seines Ausdrucks. Er schaute sie an, ein verschmitztes Lächeln lag auf seinen Lippen. Er bewegte sich ein wenig und drückte seine harte Erektion gegen ihre Taille, und passte seine Hand an. Sein Daumen fand diese Stelle wieder, als seine Finger sich in ihr kräuselten und zu ihrer Innenwand bewegten.

„Oh-ohhh", stotterte Faith und ihre Augen wurden weit. Eine neue Art von Druck bildete sich in ihr, etwas das drohte sich in ihr auszubreiten.

„So ist es richtig, Baby", sagte Gavin sanft mit hungrigem Blick. „Das ist dein G-Punkt. Du bist auf einmal so nass, heiß und geil. Ich habe dir gesagt, dass ich dich bereit mache oder?"

Faith wimmerte, als er seine Finger herauszog, und sie auf den Rücken drückte. Für einen Moment schlug ihr Herz schneller. *Das ist es*, dachte sie. *Er gibt mir alles, was ich will.*

Sie sah zu, wie er sich zwischen ihre Beine kniete, sie neckte und ihre Brüste küsste, und heiße Küsse auf ihren Bauch drückte, die sie sich krümmen ließen. Aber dann drückte er sich auf seine Ellbogen, strich über ihre Muschilippen ehe er sie weit spreizte und sie vor Überraschung quietschte.

„Gavin!", protestierte sie. Er *schaute* sie dort unten an. Sicherlich musste er nicht –

Seine Lippen pressten sich gegen ihre und ließen ihren Körper sich panisch anspannen, aber dann fand die weiche Spitze seiner Zunge sie – ihre Klit, fiel ihr ein

– und sie drückte sich mit durchgestrecktem Rücken vom Bett hoch.

„Oh!", schrie sie. Seine Zunge arbeitete an ihrer Klit, warm und heiß und glitschig. Ihre Brüste pochten, ihre Klit schmerzte, ihr Mund wurde trocken. „Oh, Gavin, Ich –"

Sie zitterte und bekam kein Wort heraus. Alles war hell und dunkel, dick oder dünn und heiß, so heiß, obwohl sie zitterte und schauderte. Als sie endlich ihre Augen öffnete, fand sie Gavin vor, der ihre Schenkel küsste, während er sie anschaute. Normalerweise würde sie so eine intime Berührung, so ein heißhungriger Ausdruck schüchtern wegsehen lassen, aber jetzt konnte sie sich nicht bewegen.

„Ich wusste nicht …", sagte sie, dann gab sie auf und seufzte nur.

„Das ist nur die Hälfte", sagte Gavin und ein wissendes Grinsen erleuchtete sein Gesicht. Er bewegte sich und streckte sich wieder neben sie aus, seine Hände streichelten über ihre Hüfte, ihren Arm und ihre Rippen.

„Kann … kann ich das auch bei dir machen? Mit meinem Mund, meine ich", fragte Faith neugierig. Sie war so gesättigt, ihr Körper so schwer, aber gleichzeitig war ein kleiner Teil von ihr schon wieder hungrig.

„Nicht heute. Ich würde sofort kommen und alles ruinieren", sagte Gavin seufzend.

„Oh", sagte Faith und fühlte sich ein wenig enttäuscht. Gavin kicherte.

„Glaub mir, wenn ich dir sage, du wirst deine Chance noch bekommen, mich mit deinem Mund zu befriedigen", versprach er. „Aber du hast mich schon so sehr gereizt. Ich muss jetzt alles haben."

„Ich habe dich nicht gereizt", protestierte Faith.

Gavin zog ihre Hand zu seinen Lenden und presste die dicke Länge seiner Männlichkeit in ihre Berührung.

„Ist das so okay?", fragte er. „Ich hänge hier an einem Scheiß Faden, Faith. Wenn ich mich selbst gestreichelt hätte, während ich dich gestreichelt habe, wäre ich in meiner Hand gekommen."

Faith schaute ihn an, und sah die Sehnsucht auf seinem Gesicht, die Anspannung in seinem Körper. Er wollte mehr und sie Gott sei Dank auch.

„Dann nimm mich", sagte sie und lehnte sich hinüber und küsste ihn, während sie ihre Fingerspitzen über seine Erektion fahren ließ. Es pulsierte unter ihrer Berührung und ihre Augen weiteten sich. Gavin grunzte, halb vor Belustigung und halb vor Frust.

„Bist du sicher?", fragte er und bewegte sich nicht.

„Ich weiß nicht. Wirst du mein Partner sein?", fragte Faith und neigte ihren Kopf.

Gavins Mund öffnete sich, aber es kamen keine Worte heraus. Sie hatte es tatsächlich geschafft, ihn sprachlos zu machen und das ließ sie sich merkwürdig stolz fühlen.

„Ich könnte nie etwas anderes wollen", schaffte er es nach einem Moment zu sagen, nahm ihr Kinn in seine Hand und küsste sie.

Faith seufzte an seinen Lippen, ihre Hände fuhren hoch, legten sich an seine Hüften, um ihn näher an sich zu ziehen. Sie wollte sein Gewicht an ihr spüren, sie wollte ihn in sich spüren.

Gavin legte sich über sie, teilte ihre Knie und öffnete sie. Er neckte ihre Klit wieder und stöhnte, als er merkte, wie bereit sie für ihn war.

„Du bist so nass. Gott, Baby", sagte er und griff nach seiner Erektion und führte sie zu ihrem Eingang. Der blanke Kopf fühlte sich dicker und härter an, als alles, was sie sich je vorgestellt hatte, als Gavin in ihre

Enge drückte, kleine Stöße, die sich streckten und streckten und sie völlig ausfüllten.

Es gab einen Moment des Schmerzes, angespannter Muskeln und ein Zusammenziehen, während ihr Körper versuchte, sich an seine Länge und seinen Umfang anzupassen.

„Ah", keuchte sie und behielt das Unbehagen für sich. Gavin verstand sie trotzdem und griff nach unten, um ihre Klit mit seinem Daumen zu reiben.

Faith seufzte, als die Flammen der Lust wieder aufkamen und sein Eindringen vereinfachten. In einer Sekunde hatte ihr Körper ihn akzeptiert. Statt des Schmerzes gab es Spannung, aber jetzt war es die Neugier, die Begierde.

„Mehr", sagte sie.

„Faith", warnte Gavin und drückte einen Kuss auf ihre Lippen. „Wir müssen langsam machen."

„Nein", sagte sie. Als er sich nicht bewegte, rieb sie ihre Taille an ihm und stöhnte bei dem Gefühl von ihm, bei der Art wie ihre inneren Wände ihn umklammerten. „Ich will mehr, Gavin. Nimm mich, nimm mich jetzt."

Gavin biss seine Zähne zusammen und verlor seine so sorgfältig aufbewahrte Kontrolle. Er zog sich raus und glitt hinein und brachte Faith zum Stöhnen.

„Ja. Mehr, ich will mehr", drängte sie ihn.

Er stieß und zog sich zurück, stieß und zog sich zurück, so langsam wie eine Schnecke. Er quälte sie. Von dem Blick der Verzweiflung auf seinem Gesicht, riet Faith dass er sich genauso sehr quälte.

„Fick mich Gavin, bitte!", bettelte sie und rollte ihre Hüften unter ihm.

Als er begann sich so richtig zu bewegen und seine Dicke aus ihrem schmerzenden und nassen Kanal rein und rausstieß, begann Faith zu brennen. Sie wimmerte, ihre Nägel kratzten über Gavins Schultern.

„Gefällt dir das? Gefällt dir mein Schwanz, Baby? Gefällt es dir, wie ich dich ficke?", fragte Gavin und seine Augen waren so schwarz, während er in ihren Körper stieß.

„Mehr", keuchte Faith und hob ihre Hüften in seinem Rhythmus. „Ich will es so wie mit deinen Fingern."

Gavin wurde langsamer und zog sich heraus und bekam ein Knurren dafür.

„Keine Sorge", sagte er. „Wir verändern nur die Position. Du willst doch, dass ich deinen G-Punkt treffe oder?"

Er drehte sie auf ihre Hände und Knie, spreizte ihre Beine auseinander und drückte eine Hand auf ihren Oberrücken und wandte sanften Druck an, bis ihre Brüste und ihr Gesicht in die Matratze gedrückt waren.

Als er dieses Mal in sie eindrang, war es ganz anderes. Faith schrie auf bei der Veränderung; er war so tief in ihr, so groß, ihr ganzer Körper fühlte sich so eng um ihn herum an.

„Gott, Faith", sagte Gavin und griff nach ihrer Taille, während er in sie raus- und reinstieß. „Gott, du fühlst dich so gut an."

Wenn sie schon vorher gebrannt hatte, war sie jetzt in der Hölle. Ihre Finger krallten sich in das Bettlaken, die Muskeln in ihren Schenkel zitterten, ihre Augen waren zugepresst. Es war intensiv, dunkel, hart …

Aber Gavin tat, was er versprochen hatte. Er berührte ihre inneren Wände in langen, harten Stößen, sodass sie vor Zufriedenheit zitterte. Er nahm sie ganz und gar in Besitz, ohne zu zögern.

Etwas tief in ihr spannte sich an und lockerte sich, Hitze verbreitete sich und drohte sie zu verbrennen.

„Gavin, ja!", sagte sie. Irgendwas passierte, dieser Höhepunkt kam wieder näher, näher mit jedem strafenden Stoß. Gavins Finger krallten sich in ihre Hüften, während er sie nahm, seine Schenkel schlugen auf ihre, das Geräusch von Sex erfüllte Faiths Sinne.

„Du wirst für mich kommen ja?", fragte Gavin und atmete schwer. „Mach es, komm für mich. Meine Partnerin, die so gerne fickt, die meinen Schwanz liebt."

Faith zitterte und spannte sich an. Ihre innersten Muskeln krampften sich zusammen, Wände griffen zu, ein Stöhnen kam tief aus ihrer Brust. Ihre Augen rollten nach oben und für einen langen Moment kannte sie nichts weiter als die blanke Hitze, die Gavin in ihrem Körper verursachte. Ihr entwich ein Schluchzer, eine dicke, schläfrige, dunkle Zufriedenheit breitete sich in ihren Knochen aus.

„Braves Mädchen. Ich komme auch gleich", sagte Gavin und seine Worte waren harsch und verzweifelt. Er gab ihr drei brutale Stöße und ein Schrei entwich seiner Kehle, sein Schwanz zuckte in ihrem Körper. Er zischte, als er endlich fertig war und wurde langsamer.

Faith machte ein gurgelndes Geräusch des Protests, als er sich herauszog, aber ließ sich auf die andere Seite drehen und sich in Gavins Umarmung ziehen. Er zog ihren Körper an sich, seine Arme umarmten ihren Körper, sein Ringen nach Atem passte zu ihrem.

„Danke", flüsterte Faith ihm zu.

Gavin lachte müde. Sie konnte fühlen, wie er hinter ihr seinen Kopf schüttelte, sie fühlte sein Kinn an ihrem Nacken. Sie konnte auch spüren, wie seine Hände zitterten.

„Was mach ich nur mit dir?", fragte er.

Faith wusste es nicht, aber sie konnte nicht abwarten, es herauszufinden.

SCHNAPP DIR EIN KOSTENLOSES BUCH!

MELDE DICH FÜR MEINEN NEWSLETTER AN UND ERFAHRE ALS ERSTE(R) VON NEUEN VERÖFFENTLICHUNGEN, KOSTENLOSEN BÜCHERN, RABATTAKTIONEN UND ANDEREN GEWINNSPIELEN.

kostenloseparanormaleromantik.com

ÜBER DEN AUTOR

Kayla Gabriel lebt in der Wildnis Minnesotas, wo sie, das schwört sie, Gestaltwandler in den Wäldern hinter ihrem Garten sieht. Ihre liebsten Sachen auf der ganzen Welt sind Mini-Marshmallows, Kaffee und wenn Leute ihren Blinker benutzen.

Tritt mit Kayla via E-Mail in Kontakt: kaylagabrielauthor@gmail.com und vergiss nicht, dir ihr KOSTENLOSES Buch zu sichern: http://kostenloseparanormaleromantik.com

http://kaylagabriel.com